小学館文庫

ムショぼけ

沖田臥竜

小学館

目次

第1章　シャバ

キッチンで鳥を揚げる陣内悦子の口から、またため息が漏れた。

唐揚げの芳ばしい香りが鼻孔をくすぐる。

時計の針は、午前5時を指そうとしている。

「お母さん！　今日の晩ごはん、唐揚げにしてや！　ソースもいっぱいつけて、それでな、それでなコンコンもつけてな！　音楽会ちゃんとがんばれたもんなっ！」

匂いと記憶は、いったん結びつくとなかなか離れないものらしい。

唐揚げをつくるたび、悦子はあの日の夕暮れ時の帰り道を思い出す。

宗介が、まだ小学2年生だったときのことだ。

合唱コンクールで歌うことをひどくグズった。

「宗ちゃん、あんな、別に上手に歌う必要なんてないねんで。その人その人、声もちがうし、喋り方もちがうでしょう。恥ずかしくても元気よく、大きな声で歌ったら、恥ずかしいなんて気持ちも飛んでいくねんで！　宗ちゃん、幼稚園のときは歌えたやん！　ねえ！　がんばろ！」

それでも、引っ込み思案の宗介は、指先をもじもじしてみせるだけだった。

「だってな、だってな……だって嫌やねんもん。お母さん……明日、学校に見にくるやんな。そんときに、ぼくは今日お熱でお休みしますって、お母さんが先生に言うてえや。それか、お母さんがぼくの代わりに歌ってや」

宗介は、父親の存在を知らない。

あの男は、宗介が生まれてすぐ、まだオムツもとれない頃から女をつくり、家に帰らなくなった。もし宗介に父親がいたら、こんなに内気な性格にはならなかったのだろうか。

いや。

悦子はひとり頭(かぶり)を振った。

あの男の影響など受けないに越したことはないのだ。

「宗介！　あんたの音楽会やないの！　お母さんが代わってあげれるわけないでしょう！　いい、あんた女の子やないんよ！　分かる？　男の子なんやから、もっと勇気出さな！　そんなんやったら、笑われんで！　あっ！　そうだ。ちゃんと音楽会で元気いっぱいに歌えたら、晩ごはんは、宗ちゃんのだいだい大好きな唐揚げにしてあげる！」

宗介の顔がパッと明るくなった。

「コンコンもつけてくれんの！」

陣内家ではたくあんのことを、コンコンと呼ぶ。

名前の由来は分からない。

自分の母親がコンコンと呼んでいたので、娘である悦子もコンコンと言い、それが息子の宗介にも伝わった。一方、近所に住んでいた伯父や叔母はコンコンではなく、コウコと呼ぶ。

だが、どちらにしても、たくあんである。

宗介はカリカリの衣で包んだ鳥の唐揚げにお好みソースをたっぷりとかけ、薄く切ったコンコンをシャキシャキ鳴らしながら、食べるのが好きだった。

というよりも宗介は、コンコン以外の野菜については無理やり食べさせないかぎり、自分からはいっさい箸をつけなかった。とくに憎んでいたのは、玉ねぎだ。玉ねぎが食卓に並べば、ぷくっとむくれてどうしようもない。

「ちゃんとお母さんが見ている前で、大きな声で歌えたら、明日はお好みソースもたっぷりかけていいし、トウモロコシがいっぱい入ったコーンスープも作ったげる。だから、元気いっぱい大きな声で歌わなあかんよ」

「じゃ！　ゲームソフトも買ってくれるの！」

これが、宗介の宗介たる所以（ゆえん）だった。

決してそうは思いたくない。

認めたくないが、ひょっとしてわたしの息子は、オギャーと産声を上げたその瞬間から、ヤクザ者だったのだろうか。

そんなはずはない。

悦子は、どうしても信じたくないのだ。

赤ん坊や子どもはか弱く、純真で甘えん坊。親の助けがなければ、生きてゆけない。ミルクは欲しがるかもしれないけれど、大人のような、意地汚くよどんだ強欲の持ち主ではないはず。

けれど悦子の息子、陣内宗介は初めから欲が深かった。

ただ欲しがるのじゃなく、ど チンピラでさえ遠慮がちに見えるほどの、恐ろしいえげつなさ。

約束は守られず、けっして、ひとつでは終わらない。

励ますつもりで一歩譲ると、二歩も三歩も前に出て欲しがる。

もっともっと、もっと、もっとちょうだい。

あれも、これも。

幼い頃は、それが愛おしかった。

今となれば、そう思いたかっただけなのかもしれない。

あの男は、すぐにいなくなった。

わたしの男は、わたしの血の混じった、わたしがお腹を痛めて産んだ宗介だけになった。

いつでも、突拍子もない欲張りを口にする、恐ろしい子どもだけになった。

「ゲームソフト！　お母さん！　ゲームソフトも買うてくれんねやろ！」

唇を尖らせた笑顔で、宗介は両腕をぶんぶん振り回す。

「もう。それは、まだ。だって、クリスマスにサンタさんと約束したでしょう」

そうやって、たしなめられたのは何歳までだったろうか。

あっという間、たしか同じ年だ。

がんばって、玉ねぎを食べる日だったのに、あの子は癇癪（かんしゃく）をおこした。

「がんばって食べたら、明日は唐揚げとコンコンやで」と言ったのに、ほんの一口もなく、ケチャップで甘く仕上げた肉野菜炒めと味噌汁、山盛りの白いご飯、魔法瓶、ふたつの湯呑、急須、いくつかのお菓子、お箸、醤油差し、手塩皿の載った4本脚の合板テーブルを、驚くべき腕力でひっくり返し、大声を上げて泣き叫び始めたのである。

いくらなんでも許してはいけない。

悦子は、泣きわめく宗介に飛びかかった。

「いやだぁ」

顔中の穴という穴から、涙やよだれや鼻水を流してわめきちらす宗介を取り押さえると、視界が歪んだ。

悦子はすぐに、自分も泣いているのだと気づいた。

「そうすけ！　立ちなさい！」

小学2年生は、まだ小さい。

うずくまっているところを、力ずくで立たせようと引っ張る。

払いのけられた。

カッとなり、首根っこを摑む。

誰だかにもらったポロシャツ、悦子はしっかり摑む。

「立ちなさい！」

「いやだぁ」

ポロシャツの首根っこを摑んだ左手を、一気に引き上げる。

「そうすけ！」

襟首(えりくび)の手を右手に持ちかえる。

無残にも床に散らばったビシャビシャの食事の残骸ではなく、フライパンに残してあった、きれいな玉ねぎと肉を、左手で掴む。

熱い、けれど怒りがまさる。

「食べなさい！」

その瞬間だった。

玉ねぎと肉を載せて、お椀のように仰向けになった掌に、ガブリと噛みつかれた。狂犬と同じだ。

とんでもない痛みに、悦子は身体をふるわせて倒れ込み、宗介を突き飛ばした。

「あっ」という悲鳴で我に返ると――ひっくり返ってテーブルの脚にでもぶつけたのか――宗介が額を真っ赤に染めている。

「ごめんね、ごめんね」

その瞬間、悦子は、こんなにも嗚咽（おえつ）できるものかというほど乱れきって隣家に駆け込み、救急車を呼んでもらう羽目になったのだった。

しばらくしてやってきた救急隊員は、顔面に血のこびりついた子どもの宗介より、悦子に駆け寄った。我が息子に噛みつかれた左手は、5針も縫わねばならないほどの深手を負っていた。

「野良犬に噛まれたなら、大変だ」

深くエグられた傷口を見て、救急隊員が言った。

宗介の額の傷には何の問題もなく、赤チンと絆創膏（ばんそうこう）で済んだ。

だがそれ以来、悦子は玉ねぎや多くの野菜を食べさせる努力を放棄してしまった。

悦子は、宗介が怖くなった。

というよりも、自分が宗介の母親であることが怖くなった。

なにも悪くないはずだが、どういうわけか、宗介の不完全さ、歪（いびつ）さの責任のほとんどが自分にあるかのように思われて仕方がなかったのである。

その引け目、というか一種の恐れが決定的になったのは、左手を縫ってもらい、病院から戻ったその日の夜のこと。鳥の唐揚げとコンコンを与えると、宗介はにっこりと、いや、にんまりと笑ったのだった。

それから、30年以上もの月日が流れた。

悦子はまたコンコンを切っている。

こんがり小麦色に揚がった鳥の唐揚げを菜箸（さいばし）で掴み上げる。

油の煮えたぎる鍋の取っ手を掴む左手には、30年以上も前の縫い目が残っている。

たまらない香りに一瞬だけ、頬が緩む。

刑務所の食事がどんなだかは知らないが、きっと、あの子は喜んでくれるだろう。

キッチンバットの上で、鳥の唐揚げを休めさせて油を切った後、申し訳程度に添えられたキャベツの千切りを敷いた皿の上に、揚げたてをひとつずつ載せる。

それだけではない。

冷蔵庫には、盛りつけられた刺身がラップを掛けた状態で鎮座(ちんざ)している。

食卓には、チョコレートやお菓子を山のように積み、茶碗やグラスを逆さまにひっくり返して用意した。芳ばしく揚がった鳥の唐揚げにラップを掛けて、テーブルの中央に置く。

準備はこれで整った。

エプロンを外した悦子は、木の縁がくたびれ果てた化粧鏡の前に座り、薄く埃(ほこり)のかかった口紅を引き出しから取り出すと、唇に沿って軽くなぞった。

＊

「ええねんて。恥ずかしい。知ってる人にでも見つかったりしたらどうすんの。なんも、ええことして帰ってくるわけじゃないねんで。サトシちゃんも仕事あるねんから、宗介の迎えなんて気にせんと、ちゃんと休まんと仕事にいっとき。お母さんだけで迎えに行って、あの子が家に帰ってきて、好きなもの食べさせたら、なんやまた言うてんねん。携帯を借りなあかんやの、役所に行くやの、免許証がどうのって。散髪は美容院じゃないとあかんとかずっと言うてんねんで。それをお母さんが連れて行って、ぜんぶ終わったら宗介からちゃんと電話させるから、な！

それと、サトシちゃん。くれぐれも他の人らに、宗介が帰ってきてるって言わんとってや。お願いやで。お母さん、もう65歳やで。これ以上、迷惑かけられて、引っ越さなあかんようになっても、もうお金もないし、行くところなんてどこにもないんやからな」

小学校からの同級生、中村悟志（サトシ）は、ほとんど息子のようなものだ。

宗介とサトシは、いつでも一緒。

学校でも、暴走族でも、そしてヤクザになっても、ふたりは一緒だった。

この14年間で、皆が宗介から離れていった。

サトシ以外の、全員だ。

宗介の妻だったキヨカも、娘のナツキと息子のカイトもいなくなった。

悦子は、もう10年以上、孫たちに会っていない。

その振舞いを薄情とも思わない。

宗介は、それだけのことをやったのだ。

あの事件の後、悦子は長年勤めたスーパーを辞めることになった。

同じ尼崎のなかで、知り合いに見つからずに暮らせるアパートを探して、引っ越した。それまでの人間関係を断ち切った新しい職場。弁当屋に勤めることになった。

それでもサトシだけは時折、連絡をくれた。

昨日の夜もそうだ。

「また兄弟が中から、無理難題言うてきてんのちゃうん？　でもな、オカン。14年ぶりのシャバやで。そりゃ結果的に、こんな寂しい状態になってもうたけど、兄弟は兄弟で何も自分のために好き好んで刑務所に行ったわけやないやん。組のために、棒に振ってもうたけど、人生賭けていったわけやん。ほんまやったら、功労者やねんで」

サトシは、悦子をオカンと呼ぶ。

そして慰めの言葉もくれる。

けれど、悦子は苦笑いするしかない。

「サトシちゃんなあ、その功労者が、44歳にもなって、母親に、あのチョコレート買っとけ、あのお菓子を買っとけ、あれ欲しい、これ欲しいいて、言うんか。食べたいお菓子だけで、ぜんぶ買うたら3万円こえんねんで。あの子はほんまにアホやから、そんなに買うても食べられへんていうのも分からんねん」

電話の向こうで、サトシも苦笑いを漏らした。

「ほんまにええの？」

サトシだけは、宗介が満期を迎える大阪刑務所まで、一緒に迎えに行くと言ってきてくれた。

今朝も、また電話をくれた。

「ええねん」

ついさっき、悦子が拒んだのだ。

息子が帰ってくる……14年ぶりに……わたしは、もうすぐ66歳……弁当屋のパートもいつまで続けられるか……社会の厳しさを教えなきゃ……でも、どうやって？

はたと我に返り、壁掛け時計を見た。

いつの間にか、午前6時20分。

まずい。

尼崎から大阪刑務所までは、高速道路を使っても30分はかかる。

何べんも何べんも書いてるけど、大刑の満期出所は朝の「7時」やからな！

「7時」やで！

ええか、オカン！

8時過ぎの出所は仮釈の人間だけやからな！

間違わんとってくれよ！

いくらカタギになった言うても、おれは会社のために身体を賭けて家庭まで崩壊してもうとんねん！

だからオカンには分からんやろうけど、迎えにはようさん来よる、と思う。

くれぐれもそこにオカンが遅れてくるような不細工なことだけは、やめてくれなあかんで。

最後にきた手紙には、そんな言葉が躍っていた。

30分前の6時半には正門の前に来てくれてなあかんで！

名前の後にも、また書いてあった。

オカン！

朝の「7時」やから、6時半には必ず来ててくれなあかんで!!

欄外の追伸にも書いてあったのに。

「ごめんごめん」

左腕に巻いた腕時計に目を落とす。

以前、徳島組で一瞬だけ羽振りがよかったとき、母の日に宗介がくれたパシャ。

針は、午前6時25分へと向かっている。

「宗ちゃん、ごめんやで」

小ぶりのバッグを手に取り、悦子は玄関を飛び出した。

「唐揚げも、コンコンも作ってあるからね」

軽自動車のアクセルをすこしだけ強く踏む。

大阪府堺市方面に向かう43号線。

土曜日ということもあって、車はまばらだ。このまま210円高速（17号西大阪線）を抜けて阪神高速へと入る。30分も走れば、大阪刑務所に到着だ。

ナビに目をやる。

到着予想時間は、7時15分。

あの子は怒るだろうか。

ハンドルを右に切りながら、胸中の不安がまた大きくなる。

もし、わたしのせいだとしたら、わたしにも問題があるとしたら、いったいどこで育てかたを間違ってしまったのだろうか。野菜の好き嫌いを矯正しなかっただけで、子どもが皆、罪を犯すわけではないはず。

内弁慶というのか。

家の中では荒っぽい面もあったけれど、すくなくとも小学3年生のあの日まで、宗介は喧嘩など縁遠い、内気な少年だった。

近所の腕白坊主、三浦宏行はひとつ年上の宗介を呼び捨てにしていた。

逆に、宗介は「HIROくん」だ。

唯一の友達であるサトシから「なにしとんねん、そうすけ。HIROなんて、1年やねんぞ！　泣かしたったらええねん！」とけしかけられても、うつむき、モジモジしているだけだった。

「オバちゃん、オバちゃん！　なあなあ、知っとる？　そうすけのやつ、1年のHIROに呼び捨てされてんねんで」

最初に教えてくれたのも、サトシだ。

「おれがＨＩＲＯを泣かしたろか？　そうすけは友達やから、おれが守ったる」

このときは、血気にはやるサトシを悦子が止めた。

女だてらに、というつもりもなく、悦子はごく自然に勝気だった。

女同士でも、男相手でも、やるときはやる。

口でも、平手打ちでも、爪を立てての引っ掻き合いでも。

宗介には、わたしの勝気が備わっているのだ。

その点について、悦子は安心していた。

いずれ喧嘩もできるようになるだろう。

が、まさか、それから2年近くも経ち、小学3年生にもなって、あんな場面を目撃することになるとは思ってもみなかった。

買い物に向かっているとき、下校中のふたりに遭遇したのだ。

ＨＩＲＯと宗介。

自分のランドセルを背に、そしてＨＩＲＯのランドセルを腹の前にして、サンドウィッチマンの格好で、わが息子がヨタヨタと歩いているではないか。

すこし前を、悠然と進むデブのガキ。サンドウィッチマンの宗介を嘲笑うかのように、右手のアイスキャンディにしゃぶりついているＨＩＲＯ。

その光景に、思わずカッとなった。

自転車のハンドルを切り、ペダルを踏み込んで突進するのを、なんとか堪える。

そして、ふたりから目を背けてスーパーへ向かった。

怒りのあまり、安売りにもなっていない日本酒を買ってしまった。甘ったるくない純米。普段なら手を出さないが、こんなことでは、とてもやっていられない。

おまけに刺身も買った。ギトギトのヒラマサ。これは思い直して、３枚目の値引きシールが貼られるまでは我慢して。

夕食は、昨日の残り物。

酸味の効いた鳥の手羽とジャガイモの煮込み。

宗介は、酸味も苦手だ。

だから、わざと出したのだ。

その日の夜、悦子は――コップ酒を片手に、クダでも巻くように――宗介を大声で叱咤した。

「そうすけ！　いい？　ＨＩＲＯくんより、そうすけの方が年上やねんよ。あんた、お兄ちゃんやねんで！　いくらＨＩＲＯくんの方がそうすけより大きいからって、怖がっちゃ、ダメ！」

宗介は、クシュンとした表情で両目を赤くしている。

「ランドセルを持てって言われても、いやって！　いやって言いなさい、絶対やで。絶対、持ったらあかんで。なっ！　そうすけ！　分かった！」

「だって……」

かぼそい、今にも消え入りそうな返事。

「だってじゃない！　そうすけ、あんた、男の子でしょ！　分かった！　そうすけ、分かった？」

「HIROくん、柔道やってて……世界チャンピオンやねんもん……。そんなん言うたら、背負い投げされてしまうやん」

「なにを言うてんの！」

ぐいっと、コップをあおる。

まったく腹が立つ。

日本酒の酔いが回る。

条件反射のように左手も持ち上がり、テーブルにぶつかる。

派手な音でテーブルを叩く。

その音の気持ちよさと衝撃に煽(あお)られて、もっと酔いが回る。

血管も震える。

「そうすけ！　なあに言うてんの！　あの、クソ」

まだ泥酔には早い。

と、突然、悦子は思った。

そうだった。

わたしは母親なのだ。

宗介を見た。

震えている。

わたしは母親なのだ。

だから、クソガキなどと口に出してはいけない。

「あの子はずっと尼崎(アマ)にいるでしょ。知ってるでしょう、そうすけも」

無言で頷いた。

「尼崎から出たことない子が、なんで世界チャンピオンになれるの？」

また、無言で頷いた。

「あの子なんて、ただ、祖父(じぃ)ちゃんが土地持ちなだけで」

間違えた、これはちがう。

「本当にやめてな。そうすけ。なっ？」

「ぼく、もう持たないよ」

ようやく言った。

「そう、持たんでいいの。もし、またランドセルなんて持ったら、唐揚げもコンコンも作ってあげないからね」

「いやだ！　いやだ、いやだ！」

大声で叫び、宗介はトイレに駆けていったのだった。

あのときは考えもしなかった。

唐揚げと、コンコン。

それだけが原因とは思わないけれど。

「唐揚げもコンコンも作ってあげないからね！」

高速道路を降りてすぐ、信号が黄色になった。

悦子は、ブレーキペダルを使って、いったん止まった。赤色でないのなら、アクセルを踏んで突っ走るという選択肢もあるが、我慢した。

あのとき、けしかけたのは、わたしだったかもしれない。

やっぱり、あんな言い方はすべきではなかったのだ。


翌日。

パート先のスーパーに、小学校から電話があった。

宗介が事故にでもあったのか。

またイジメられたのか。

ドキドキしながら事務所で受話器を握ると、逆だった。

「そうすけ、ランドセル持てよ」

いつものように声をかけてきたＨＩＲＯに、宗介がフルスイングで金属バットを見舞ったというのである。

いざというときのために、傘立てにさしてあった少年野球の金属バット。

頭をかばったＨＩＲＯの右腕、肘から先の骨が真っぷたつに折れたのだと教師が
言った。

スーパーの店長に断って、悦子は自転車で小学校へ急いだ。

校門を通り過ぎ、スリッパも履かず、２階へ走る。

職員室の奥。宗介は踏ん張るように立っていた。

歯を食いしばり、涙をいっぱいにためて、座らないんです」と、担任の若い女教師が

「もういいから座りなさいと言っても、座らないんです」と、担任の若い女教師が弱った表情を向けてきた。

今にして、悦子は思う。

あの子はそんなにも、鳥の唐揚げとコンコンが食べたかったのだろうか。

胸騒ぎは、今も昔も変わらない。

あのときの胸騒ぎは、現実の事件としてすぐに現れた。

翌日からだ。

ずっと「ぼく」だった宗介が突然、「おれ」と言い出したか思うと、これまでのように持つのではなく、HIROに自分のランドセルを持たせるようになったのである。

「こら！　そうすけ！　他人にランドセルを持たされるのもあかんけど、自分のランドセルを人に持たせるのは、もっとあかんの！」

何度叱りつけても聞かなかった。

小学6年生になる頃には、もう、何もかもが悦子の手に負えなかった。

いつも待ち合わせていたその場所で、HIROが宗介にタバコの火をつけていた。

セブンスター。

この14年間は、タバコも吸えなかったはずだ。

身体には良いことばかり。

でも心の重荷はどうだろう。

コンビニが見えた。

これを右に曲がれば、大阪刑務所までもう5分とかからない。

見えてきた。

大阪刑務所の門扉――その前に、ひとりの中年男がボストンバッグを両手に持ち、こちらを睨みつけている。

カールカナイのセットアップ。

伸びた坊主頭に無精ヒゲ。

バカ息子。

宗介であった。

「オカン、遅いねん！　6時半には来てくれよって、あれだけ手紙に書いたやろ！」

14年ぶりに社会へ帰ってきた息子の一言目が、これであった。

乱暴に助手席のドアを閉めると、なんとも不服そうな表情でシートに身を沈める。

やっと、14年ぶりに自由を取り戻したというのに、この子は嬉しくないのだろうか。

「オカン、何で誰も来てへんねん。どうせオカンがこんとってくれって、みんなに言うて断ったんやろう。あんなぁ」

断るも何も、連絡など、サトシからしかきていない。

「あんたな、そんなことより、まずお母さんに何て言うの？」

14年前の宗介なら、ピンポン玉を打ち返すより早く、屁理屈を吐き出す。

と思っていたので、悦子は答えを待たずに続けた。

「お母さん、迷惑かけてごめん、迎えに来てくれてありがとう。今度こそ真面目に働きます、やろ？」

結局、ぜんぶ自分で、自分のために言ってしまった。

あの銃撃事件、殺人未遂事件を起こして宗介が獄へ落ちたとき、シャバで塀のない地獄を味わったのは悦子も同じだった。近隣の目から逃れるように引っ越し、善きパートとして長年働いていた、慣れ親しんだスーパーも辞めることになった。

そんな中にあってさえ、このバカ息子は、留置場からマヌケな手紙をよこしてきたのだった。

オカン、何も心配すんな！　もう、スーパー辞めても大丈夫なようにしてある。詳しいことはここでは書けんけど、後のことは何も心配せんでええ。

わざわざ、その部分を赤ボールペンで書いてきた。

もちろん、なにひとつ大丈夫ではなかった。

それなのにこの子、わたしのただひとりの息子は、今日の今日にいたっても、まだなにか的外れを口にするつもりなのか。

「たしかに……そやな。オカン……ごめん、迷惑かけた」

急にしおらしくなった宗介に、悦子はすこし戸惑ってしまった。

「出所の祝儀で3カ月は楽しようと思ってたのに、オカン、何を勝手なことしてくれてんねん！　タバコは買うてきてくれたんか！　手紙にあれだけ書いたやろう！」

どうせ宗介のこと、こんな具合にわめき散らしてくるものと思っていたが、窓の外に目をやり、流れる街並みを眺めているだけだ。

重たい沈黙が車内に積み重なってゆく。

悦子は耐えられず、ことさらに明るく話しかけた。

「とりあえず、14年ぶりに帰ってきてんからなあ。1週間くらいゆっくりして、これからの仕事のこととか考えていき。あんたひとりくらいやったら、お母さんがどうにかまだ食べさせていけるしな。今日はあんたが好きな、鳥の唐揚げも、コンコンも用意してんねん。帰ったら、いっぱい食べ」

「……コンコンて、オカン。おれ、もう子どもちがうで」

そんなことない。

まだまだ子どもだ。

子どもでなければ、迎えに来ていない。

お腹を痛め、女手ひとつで育てた息子でなければ、怨みはしても、関わりはしない。我が子だから、何歳になっても実の子だから、ヤクザになろうが、刑務所に行くことになろうが、見捨てることができないのだ。

「何をいうてんの。そこのカバン、開けてみ。タバコとライター、入れてあるから。せっかくやめてたのに、どうせ吸いたいんやろ？　お母さんはタバコ吸わへんから車禁煙やけど、今日だけは特別や」

どうにも、甘やかしたくなってしまう。

「窓を全開にしたら、吸ってもかまへんで」

宗介が、ジュースホルダーの上に置かれていた小ぶりのカバンを開けた。

セブンスター。

「タバコって、こんなに小さかったっけ」

珍しそうに眺めたあと、封を切り、くわえて火をつけた。

「うげっ、まっず」

サマになっていたのは、吸い込むところまでだ。

「っていうか、オカン。ちゃんと前見て運転せえって」

ええっ、げほげほ、げっほ。

本当に久しぶりだ。

咳込んでいる姿も、懐かしい。

「そんな、珍しそうにおれのことばっかり見んなや。でもなんか、このタバコの感じ。懐かしいゆうか……帰ってきてんなって、実感すんな」

窓の外に目をやりながら、宗介もしみじみとつぶやいた。

「オカン、心配せんでかまへんで。今回はウソやない。働く、もうちゃんと働く。それにな、まったく、あてがないこともないねん」

「そうなんやね」

言葉と一緒に、悦子はアクセルを軽く踏み込んだ。

きっと宗介のことだ。心配させられたり、苦労させられたり、ハラハラさせられるだろう。それでもたったひとりの息子が、無事にこうして帰ってきたのだ。

言いたいことは、たくさんある。

だが今日ぐらいは、せめて今日だけは好きな物をたくさん食べさせてやり、熱い風呂で、ゆっくり休ませてやろう。

悦子は、そんなことを考えていた。

たとえ嵐の前の静けさであったとしても、今日だけは、バカ息子の刑務所の垢を落としてやろう。

「お母さん、バット使ってもいいの……」

本当は、そう聞かれたのだ。

あのとき、小学3年生の、あの夜。

わたしは酔っぱらっていた。

夢か？

いいや、言われた。

そして言い返した気がする。

「なんでもええ!」

そうだ。

わたしは言ったのだ。

「そうすけ! 男は負けたらしまいや!」

なにもかも間違いだったのかもしれないが、そうは思いたくない。

「ダメに決まってるでしょ! 絶対にやめなさい」

あのとき、叱りつけてさえいれば、息子とわたしの人生は、また、ちがったものになっていたのだろうか。

第2章　夏

いや、駄目だ——今はまだ、無駄遣いは禁物。

陣内宗介は、右手で掴んだキットカットを陳列棚に戻した。

きのこの山、おにぎりせんべい、クリームパン。

目の前には無数の甘食が、星空のように広がっている。それは長い間、夢でしか見られなかった景色だ。

懲役でお菓子を拝めるのは、祝日のみ。

それも100円程度のもので、宗介が恋焦がれたキットカットクラスの高級お菓子は、口にするどころか拝むこともできなかった。だから皆、妄想する。夜だけじゃない。そこらのコンピュータ・グラフィックより100倍濃厚で、鮮明な白昼夢を、頭のなかで再生する。

シャバへ戻ったら、コンビニの菓子棚を端から端まで買い占める。

口いっぱいに頬張って、ほくそ笑んでやる。

固く決意していたはずが、いざシャバに戻ると、そんなことぐらいでは喜べない。

歓喜の声を上げる以前に、不安が押し寄せてくるのだ。

たとえば、レジの店員。

指先で茶髪をいじりながら、気怠(けだる)そうに立っている。

落ち着いて眺めれば、この20代前半とおぼしき女は決して美人ではない。

かといって、デブで不潔そうな不細工でもない。若いだけでどこにでも転がっているレベルだ。頭では分かっているのに、目の前にすると、絶世のいい女に対したかのようにドギマギしてしまう。

塀のなか、14年間。

話した異性はアクリル板越しの母、陣内悦子だけ。

はたして、母親を異性と呼べるのかどうかはさておき、その悦子ですら受刑中、頻繁に面会へやってくることはなかった。

1回、10分。

それも数ヵ月に1度。

あとは、どこを向いてもむさ苦しい犯罪者ばかり。この世に異性など存在しないといわんばかりに、女の影など微塵もなかったのである。

だから、緊張する。

レジの前に立った宗介は、炭酸水のボトルを差し出した。

「あと……セブンスターのソフト」

女だ。

目の前に、女がいる。

オレンジのようなシャンプーの香り。

動悸（どうき）が急速に激しくなったが、女性店員をナンパでもしようというのではない。

タバコの銘柄を口にするだけで、言葉がもつれてしまう。

視線のやり場に困りながら、宗介は彼女の反応を待った。

「はっ？」

ああ、駄目だ。

もう、どうにもならない。

いい女に見えてドギマギしたが、駄目だ。

宗介の両方の目玉が、急速にシュッと細くなる。

もう遅い。

もしも、目の前にいるのが、どこにでもいる女ではなく、好みの女であったとしても、1度カッとなってしまったら我慢できない。

「セブンスターのソフトや、言うとるやんけっ」

これが客に対する態度か。

聞き取れず、「えっ？」と言うのならまだ分かる。

だが「はっ？」とは何だ。

女はふてくされた態度で、タバコが並んだ背後の陳列棚に身体を反転させた。

それから、面倒くさそうな仕草で、セブンスターのボックスを置いた。

脳内の血管が切れる音が聞こえた。

本当にブチブチッと響くのが不思議だが、この音が鳴ると、縮こまった身体がほぐれてゆく。いつでも戦える。まあ、目の前にいるのは、ただのパサパサの、汚い髪のセミロングの女だが、女でも許さない。

宗介は作業服の袖をゆっくり、これ見よがしにまくり上げた。

「暑いわぁ」

彼女の視界には、刺青が飛び込んだはずだ。

露（あら）わになった手首には、赤い龍の鱗（うろこ）がうごめくかのように描かれている。

最初に刺青を彫ったのは、21歳のときだ。

辰年ということもあり、胸で向かい合っている赤龍を突いた。

どうだ、姉ちゃん！

そこらの肌の落書きとは一味も、二味もちがうだろ。

そのぱっちりした目は、釘付けか。

「722円です」

「えっ？」

刺青、見えてないのか。

いや、この女は極端に視力が弱いのだろう。

「ボックスやのうて、ソフトや言うとるやんけっ」

「722円です！」

それとも、頭が弱いのか。

目を合わせようともしない。

刺青を見ている視線でもない。いったい何を見てやがる？

下にはボックスではなく、セブンスターのソフトが置かれていた。

宗介は目をこすり、もう1度見た。

やはり、ソフトである。

謝ったほうがよいだろうか。

「722円ね……分かった」

いや、おれは謝らない。謝るなんて、まっぴら御免だ。

「袋は？」

「……ちょうだい」

返事もせず、女はレジで3円を追加した。

袋を受け取るとき、いつの間にか全身が緊張し、また縮こまっていることに気が付いた。悲しいものだ。

それに、虚しい。せつない。

やっぱり、うすら悲しい。誰にも、ナメられたことなどなかったのに。

コンビニを出る。

うだるような暑さで、すぐにこわばりも溶けた。

買ったばかりのペットボトルの封を切り、渇いた喉に炭酸水を流しこむ。

照りつける日差しが、看板の真下にわずかな影を作っていた。そのスペースに張り付くように身を寄せた。

ズボンのポケットからアイフォンを取り出し、画面に出たユーチューブのアイコンを叩く。

「はい、どうも！　元極道のＨＩＲＯで～す！　今日は大好評シリーズ！　実録ムショのなかについて、ぶっこんでいきたいと思いまんねん！」

画面の向こうには、黒いサングラスにダボダボのセットアップを着たデブ。

ダサい。

ダサすぎる。

それなのに、登録者数は15万8千人。

再生回数は、20万回。

「ナメやがって」

スマホを握る手が小刻みに震える。

「なにが実録ムショのなかじゃ、オノレは。おれが刑事（ヒネ）に言うたから。『三浦は、おれに言われて運転してただけやから何も知らん』って調書を巻いたったおかげで、助かったんちゃうんかい！」

心の嘆きが、そのまま口をついた。

「執行猶予もろて、たったの3カ月で出れたやないかいっ。裁判じゃあ、『カタギになります』言うて、めそめそ泣きまで入れとったくせして……なぁにが、実録ムショのなかじゃ」

脇の下に汗が噴き出したのは、暑さのせいというより、苛立ちのせいにちがいなかった。HIROは、昔から情けないやつだったのだ。

あれは小学3年生のときだったか。

金属バットをフルスイングして腕をへし折ると、ＨＩＲＯの態度はひっくり返った。翌日からは、頼みもしないのに宗介のランドセルを持つようになり、出せと言う前に小銭を出してアイスキャンディをよこし、「そうすけくん」どころか「あにき」とまで呼ぶようになった。

すべて勝手に、である。

ところが、金魚の糞状態を教師に見つかると、一転。

「ぼく、いやですって。陣内くんに『いやです』ってはっきり言ったの。でもでも、そうしたら『今度は足を折ったろかっ！』って。それで怖くて……逆らえなくて」などと、平気で口にする。でかい図体を揺すって、泣きじゃくる芝居までこなす恐ろしいタイプなのである。

小学校から中学校へ、ふたりの腐れ縁は続いた。

そのなかでは、天変地異というほどでもないが、ＨＩＲＯが時折、野心をのぞかせる場面もあった。たとえば中学2年生のとき、ＨＩＲＯは上級生の番長――シンナーが大好きなポンちゃん――にすり寄った。

学校の昼休みだ。

宗介は近くの食堂へ行こうと、グラウンドを横切った。

と、サッカーボールがコロコロと目の前に転がってきた。

「オーイ、じん!」

呼びかける声の方を見ると、3年生のポンちゃんたちに混じって、HIROがサッカーをしている。

「オーイ、じん!」

なんと呼んでいたのは、HIROだった。

「そのボールとってくれっ! おいっ! じん! はよせんかい! 先輩方が待っとるやろがぁ!」

「あのガキ……」と口に出したときには、もう頭の中でブチブチブチッと音が響き、宗介は走っていた。ボールを、ポンちゃんに向かって蹴る。

ポンちゃん、受ける。

そのまま、HIROに向かって加速する。

「そらっ!」

ポンちゃんが、HIROと宗介の間にボールを蹴り込む。

「儀貝(いそがい)洋光(ひろみつ)や!」

ＨＩＲＯは、ボールを見て走った。

宗介は、ＨＩＲＯを目がけてダッシュ。

ジャンプ。

サッカーボールではなく、ＨＩＲＯの顔面を蹴り上げる。

「あっ」と声を上げる間もなく、倒れた。

ポンちゃんたちは呆気に取られ、顔を真っ赤にして気絶したＨＩＲＯを、さらにしばき上げる宗介を止めなかった。そんなわけで、翌日からＨＩＲＯはまた宗介の腰巾着に戻ったのだった。

ふたりの関係は、中学より先も続いた。

暴走族だ。

そして、彼を無理矢理にヤクザにしたのも宗介だった。

万年舎弟の立場から、ようやくＨＩＲＯが解き放たれたのは、陣内宗介がムショ暮らしに入ったときだった。

すくなくとも、これからの14年間は、小学1年生からヤクザになるまでと同じだけの期間は、自由を満喫できる。自分に早々に執行猶予がついたとき、ＨＩＲＯは胸をなでおろしたにちがいない。

そうしてＨＩＲＯは徳島組を抜け、ただの１度も、塀のなかの宗介には会いに行かなかった。

宗介の妻であるキヨカにも、悦子にも接触しなかった。

そのため、カタギになった三浦宏行のことは誰も知らなかった。

宗介だけでなく、兄弟分のサトシも、若頭の平松も知らなかったが、ある日突然、彼は復活した。宗介の舎弟の三浦宏行ではなく、ユーチューバーのＨＩＲＯとして――そしてほどなく、元極道を名乗るこのユーチューバーは、なかなかの人気を博すようになったのだった。屈辱にまみれた万年舎弟の復讐は実を結び、まさに今、炎天下で、陣内宗介を歯嚙みさせているのである。

「本日のスペシャルゲストは、なんと、あのリサちゃんです！」

女優か、モデルだろうか。

えらく綺麗な女が登場した。

鼻息荒く、モデルのような若い女に不良哲学を語るＨＩＲＯ。

腹が立って仕方ない。

世間は知らないだろうが、こいつの話はウソっぱちだ。

それなのに……それなのに、こんなやつが人気者にのし上がるなんて。

こんなやつ、おれの舎弟に過ぎないのだ。

「すみません……」

誰だ！

コンビニの店員だ。

さっきの若い女。

もしかして、見事な刺青を持つおれに、うっかり無愛想な態度をとってしまったことを後悔して、謝りにきたのだろうか。

宗介は、ふたつの物事を同時に考えることができない。

ＨＩＲＯへの怒りは、あっという間に、女に対する興味に引きずられた。

女が近づいてくる。

入道雲のように、ぐんぐん妄想が膨らむ。

カッときたとはいえ、こちらもさっきは大人気ない態度をとってしまった。

ほんのり憂いを帯びた表情。

一歩、二歩。

彼女がやって来る。

宗介は思った。

よくよく見れば、顔もそれなりに可愛いのではないか。

おれもいっぱしの男だ。

いかなムショ帰りとはいえ、詫びにきた女に、輪をかけて凄むような野暮天ではない。苦味を利かした表情を作り、彼女に視線を合わせる。

三歩、四歩、目の前だ。

「あの、やめてもらえますか」

LINE（ライン）を交換して欲しいと言うのなら、望むところだ。

ん？　なにを。

「店の入り口で飲み食いされると、他のお客様の迷惑なんです」

んん？

明らかに軽蔑の眼差し。果てしなく広がった妄想の入道雲が大雨を降らせた。

「やめてくださいね」

その女は、わずかな笑みさえ浮かべていなかった。

パッと身を翻（ひるがえ）すと、スタスタ歩いていってしまった。

こんなに虚しい気持ちになるなら、せめて会計のときにでも、きっちりカマしておけばよかった。

「あ〜ぁ、親分と組のためにのぅ、14年の懲役たぁ、ちと長かったわぁ」

こうやって、はっきり説明すれば、あの女でも分かったはずだ。

「シャバの空気はうまいの」

でも、もう遅い。

遅いというより、やらなくてよかった。

このご時世、すぐに通報だ。

あいまいな笑みを浮かべ、宗介は、おずおずとその場を離れた。

＊

「ああっ、染みるわ。色んな意味でほんまに染みるわ。はぁ、しかしHIROのボケだきゃ。ただの1度も面会も差し入れもしくさらんと。何してるか思ったら、ユーチューバーって。クソ生意気にも、それでメシまで食えてんのやろ?」

結局、宗介が腹を割って話せるのは、サトシだけだった。

HIROと同じように、小学校からの付き合い。中学校も暴走族も一緒で、同じ組織でヤクザになった。過ごした時間の長さは変わらないが、HIROは舎弟、サトシはずっと兄弟分である。

「兄貴分のおれが出てきてるいうのに、いまだにあのガキゃあ、挨拶もないねんで。14年ぶりの出所の迎えがオカンだけって、ナメやがって。しかも、なんなんあれ。何個か動画見たけど、あんなもん、ぜんぶウソやん。なあ、兄弟！」

サトシは苦笑いを浮かべながら、串に刺さった砂肝をほおばった。

悦子には、とても言えない。

こんな愚痴を聞いてくれるのは、サトシだけだ。

「あんなん、ほっとってええの？　コラボゆうんやろう？　今日見た動画なんて、えらい綺麗な姉ちゃんと一緒に出てたで。兄弟、ほんまにほっといてええの？　ほんま、あのガキだけは、昔、バットで腕折った時に、両足もついでに骨折させとくべきやったわ。なあ、兄弟？　兄弟、なあ？」

興奮したアホをなだめるには、言われた言葉をオウム返しにすること。

「兄弟、兄弟、なあ、兄弟」

まじないのようなリズムで、サトシは返した。

「まあ、まあ、兄弟、なあ、兄弟」

いったん、まずは冷静に。

サトシと宗介、ジョッキで乾杯。

うながされて、宗介はコンコンを放り込む。

柔和な眼差しをむけるサトシの目尻には、よくよく見れば、深い皺が刻み込まれていた。

お互いに歳をとったが、どういうわけか、この居酒屋の料理の味は変わらない。

まずくはないが、舌が躍るほど美味いわけでもない。普通だ。

「ま、みんなカタギになったしな。いちいち、かまってられんねん。みんな生きていくのに必死やしな。兄弟、あいつはあいつで、バズるまでそれなりに苦労しとんねんで。なんか大食いやったり、もの破壊させたりな」

宗介は、サトシの言葉に納得できなかった。

こちとら、組のために身体をかけて、14年ものムショ暮らしを余儀なくさせられたのだ。それに比べれば大食いや、ものを壊すことのどこが苦労だというのだ。

「けど兄弟、おれなんて14年やで、14年。どれだけ中で……」

「はい、お待たせしました！　コリコリ軟骨と刺身の盛り合わせです」

宗介の抗議に冷や水でも浴びせるように、店員が料理を並べる。

「おっ、きたきた。兄弟、なかじゃあ刺身なんて食えんかったやろう。ま、出てきて、シャバ見たら、腹立つこともようさんあるやろうけど。とりあえずは食おうや。なっ、兄弟」

たしかに、塀のなかではナマモノは出ない。万が一、受刑者の間で食中毒が起きた場合、役人どもが責任を問われることになるからだ。そのため、このところの刑務所の食事は、真空パックのレトルト食品が多かった。

「どうや？　久しぶりに」

「ああ、美味いわ」

ただな。

宗介は思った。

出所したその日、たったひとりで息子の帰りを待ってくれていたオカンが、たらふく食べさせてくれたんや。

刺身も、唐揚げも。

「兄弟、たくあんも好きやんな。もういっこ頼もうか」

コンコン、コンコン。

ありがとうさん。

昨日も、一昨日も食うたわい。

だが、サトシには言えない。こいつはたったひとりの兄弟分なのだ。

刺身の盛り合わせに箸をのばすと、宗介はトロサーモンをつまんだ。わさび醤油の入った小皿に、ビシャビシャになるまで浸けて、口に運ぶ。

「で、兄弟、姐とは連絡とれたん？」

姐とは、獄中で三行半を突きつけてきた元嫁、清夏のことだ。

「連絡とれたっていうか、チビたちのことがあるから。電話で喋って、ラインの交換は一応したけどな」

これはウソだった。

連絡しようとしたのは、本当だ。

けれど、キヨカの携帯番号はすでに変わっており、繋がらなかった。

当時の弁護士に連絡したところ、キヨカの意向とのことで電話番号を教えることは拒否。教えてもらえたのは、ラインのＩＤだけだった。

だから、話もできていない。

「夏希と、海都なあ。懐かしいな。せやけど、あれやで。あの頃はチビやったけど、今はもう、ふたりとも高校か？」

「ナツキは今年、21歳。カイトも18歳になるな」

宗介には、ふたりの姿がまるで想像できなかった。

14年間、会っていないし、写真も見ていない。

塀のなかでは毎晩のようにふたりのことを考えていたが、想像上のふたりはずっと子どものままだった。だんだん身体が大きくなり、会話も大人びてくれればよかったが、そんなことにはならなかった。

目の前のサトシも、鏡で見た自分自身もずいぶん年をとった。

けれど、頭のなかのチビたち。

ナツキとカイトは、ずっとチビのままだ。

「っていうか、兄弟、もうライン覚えたん？　マジで凄いな。あとで交換しよや。まだショートメッセージしかできんて思ってたわ」

「待て、待て。ナメたら、あかんで。おれはツイッターやってできんねんからな」

「ほんま、あっ、お姉ちゃん。生ビールふたつ」

出所してすぐ、その日のうちに、宗介は携帯ショップでアイフォンを買った。頭金がいらないので、見た目のカッコよさで即決したのだ。

「ほんで、姐はなんて？」

「なんてって。もう絶対に子どもらには関わってくれるなって言うてたわ」

キヨカは言ってはいない。ラインで短く送られてきただけだが。

「もし、おれの子って世間に知られたら絶対に許さへん、やって」

これはラインですらなく、弁護士を通じてのメッセージだった。

「今日はとにかく、何もかも忘れて飲もや」

と、サトシの携帯電話が震えた。

「兄弟、すぐ戻るから、ちょっと待っといて」

右手の壁に向かって座り直し、宗介は目を閉じた。

人生は単純なはずだったのに、どうしてこんな目にあうのか。

黙想する。

男はナメられたら、あかん。

ナメられへんためには、強くなけりゃ、あかん。

強いといえば、ボクサーかヤクザ。

ボクサーは、タバコ禁止。

ヤクザは、何でもあり。

ヤクザで大事なのは、組事（くみごと）。

組のために身体を賭ければ、金も名声も手に入る。

大金が入れば、家族が喜ぶ。

名声が高まれば、自分も嬉しい。

人生の14年を捨てる。

その代わりに、すべてが手に入る。

あとは、愉快な人生ばかり。

そう思って、宗介は銃撃事件を起こしたが、結果はすべて裏目に出た。

「ちょっ、兄弟、兄弟、何してんねんな」

トントン、トントン。

肩を叩かれ、目を開く。

サトシだ。

宗介はとっさに、刑務官のオヤジを探していた。

「壁向いて、黙想って。ハッハッハ」

サトシは快活に笑った。

「兄弟、ムショぼけなってもうてるやん！」

＊

自宅までの帰り道、レンタルビデオ屋に入った。

最近DVD化されたばかりの気になる作品があったのだが、新作コーナーでなかなか見つけられない。刑務所に長く拘束されていると、普通の者ならすぐにできる行為が難しくなる。何かを探すという行為に対してさえ、感覚がえらく鈍くなってしまうのだ。

仕方なく、店員に聞こうとレジへ向かった。

手前と奥にふたつあり、手前は接客中であった。

宗介は、奥のレジの店員を見た。

後ろの戸棚をゴソゴソと、のんびりいじっている。

そいつに尋ねようと、手前のレジを通り過ぎて、奥へと向かった。

すると接客中の手前の店員、若い兄ちゃんが「並んでくださいよ」とぶっきらぼうに言い放ってきた。

「よ」ってなんや。

「よ」って。

そもそも並んでたやないか！

怒鳴ってやろうかと思ったが、チッと舌打ちし、元の場所に戻ろうと踵（きびす）を返した。

と、宗介より後からに来た男がもう並んでいるではないか。

イラッとして、その後ろに並んだ。

ようやく、ようやく自分の番だ。

「『ヤクザとファミリー』、25日に出とるやろう。どこや？」

先ほど、「並んでくださいよ」とカマしてきた若い兄ちゃんに言った。

奥のメガネデブの店員は、あくびをしながら、ぼけっとしているだけであった。

返事もせず、愛想もクソもない態度でスタスタと歩いていった。

このガキ！

そう思いつつも、宗介は店員を追った。

「あっ、貸出中っすね」

あげくの貸出中である。

「そうか。ぜんぶかい」

「ぜんぶっすね」

そういえば、駅前にも同じレンタルビデオ屋の系列店があった。

「駅前の店に電話して、あるかどうか聞いてくれ」

兄ちゃんは、あからさまに面倒くさそうな顔になった。

「あ〜ぁ、当店ではそういうの、やってないんす。お客さんが自分で電話でもしてください」

言い捨ててレジへと戻りかけたので、呼び止めた。

「おい、チンチクリン。同じ系列店やろが。在庫の確認なんて、ちょっと調べたらできるんちゃうんかいっ」

「だから、当店ではそういうのやってないんすよ」

このやろう……この、くそ、やろう。

舎弟のHIROに2年くらい懲役でも行かせてやろうかと本気で一瞬、考えた。

いや、あのガキは今やユーチューバーか。

「お前、名前なんて言うねん」

「えっ？　サトウっすけど」

「そうかサトウ。お前は何か勘違いしてるやろうけど、もう1回だけ聞くぞ。この店は、系列店に在庫あるかどうかの確認するサービスもできへんねんな」

サトウがすこし口ごもった。

「できないというか……そういうの、やってないんすよ」

「よっしゃ、サトウ、よう言うた。やってないねんな。おれは、ここの株主の知り合いや。確認したるから、ちょっと待っとったれ」

サトウが驚きの表情を浮かべたのを見たあと、宗介は店を後にした。

バカヤロウ、ずっと待ってやがれっ！

この店の株主と知り合いどころか、縁もゆかりもあるか！

せいぜいビクビクしとけっ！

毒づきながら、宗介は歩いた。

したたかに酔った頭で汗だくだく、ヘトヘトになりながら、駅前のレンタルビデオ屋を目指す。

着いた。

まさかの——閉店——の張り紙。

「サトウのガキだきゃっ、ムギギギギギッ」

*

くたびれ果てて家に帰っても、なかなか寝付けなかった。
いったい、この虚しさは何なのだろうか。
今や、誰はばかることもない自由の権利を手に入れたというのに。
シャバには、強制的な就寝時間などない。
もちろん、朝の起床時間も、
甘味は、食べ放題、
酒も、飲み放題、
髪型も、
服も。
ただひとつ、
塀のなかとはちがい、
なにをするにもシャバでは、金、
不自由だが、囚人の生活費は国ぐるみ。

だから皆、困惑してしまう。

シャバへの夢ばかり膨らみ、パンパンにでかくなった頭で出所する。

たまには、金に困らない奴もいる。

そんな野郎は——すくなくとも、しばらくのうちは——思い通りに楽しむ。

はっきり言えば、数日だ。

その蜃気楼のような数日を消化してしまえば、なにもない。

あいかわらず、塀のなかで妄想していた通りの生活が目の前にあるというのに、充足感が得られない。

虚しいのだ。

出所間もない元受刑者の中には、この虚無感に襲われて魔がさしてしまい、抗えきれない現実に自ら命を絶ってしまう者もいる。長期の刑を務めれば務めるだけ、あれだけ待ち焦がれたシャバだというのに、社会に置いてけぼりにされた孤独を突きつけられる。

遊びこそ人生とはいうものの、どこまでも遊び続けるには一種の覚悟も必要だ。塀のなかに落ちたことのない人間はその恐ろしさ、苦しさに気がつかない。知らぬまま人生を終えられるのはツイているが、元受刑者は気づいてしまう。

それゆえに、すぐにまた安全な場所を求める気持ちから、積極的に再犯に走る者が現れるのだ。

重く沈みかけた気持ち、目に映るアイフォンの画面。

ふたつ折りケータイは、猿。

スマホは、人間。

日々、すこしずつ機能が進化していく。

その渦中にいる人は驚かない。

年輪のように積み重なった進化を、一日一歩のステップではなく、14年分のジャンプで1度に見せつけられた者は混乱するばかり。

それにしてもスマートフォンの恐ろしい中毒性、あればあるだけ眺めてしまう。

宗介は、誘われるように画面をタップした。

おすすめ欄の上位に浮上した新着動画。

「はいどうも！　元極道のＨＩＲＯです！　今日は大好評シリーズ、実録ムショのなか、番外編。元舎弟が14年ぶりに社会復帰してきたことについて、ぶっ込みみたいと思います！」

瞬時にして、深く沈みかけていた気持ちが消えた。

またしても、オノレか。

うっかり、アイフォンを叩きつけたい衝動に駆られるが、悦子の声を思い出して我に返る。

「あんたな、ちゃんと働いて毎月、機種代をちゃんと払わな、もう携帯電話も契約できへんねんで。昔とちがうねん。分かってるか？　わざわざそんな十何万もするアイフォンなんか買わんでも、まだ慣れるまで、お母さんと一緒のらくらくフォンの方が便利でええのに」

そうだった。

頭金が必要なかっただけで、アイフォンにはまだ10万円以上も、ローンが残っているのだった。昔のふたつ折りケータイなど、タダ同然だったのに。

アイフォンはカッコいいが、高すぎる。

壊してしまったら、終わりだ。

この時代、スマホがなければ生きていけない。

もうカタギなのだから、スマホが壊れたからといって、誰かからカツ上げするわけにもいかない。だから、こんな、クソみたいな舎弟のユーチューブに腹を立てている場合ではない。

消すのだ！

宗介の心に、脳みそから発せられた声が届いた。

ネットから離脱するのだ！

なにも難しくない。

画面を1回、指でタッチするだけ。それでＨＩＲＯは消える。

無理だ！

宗介の感情が、脳みそに逆らった。

見たくないのに、見てしまう。

ユーチューブやネットの中毒性は強烈で、理性ではどうにもならない。

見てしまう。

つぶやいてしまう。

書き込んでしまう。

宗介は必死に怒りを抑えたが、ＨＩＲＯの挑発は止まらない。

画面の向こうでは、また、あのモデルのような女とコラボしている。

「おれの舎弟、ドジだからさぁ。いや、向こうのね、あのときトラブってた事務所に、弾きに行かせたの、じつはおれなんだけどね。あっ、これ、今でも言っちゃったらヤバいのかな」

「いいじゃん、いいじゃん、言っちゃいなよ」

「あっ、でも、大丈夫だわ。その舎弟、しくじりやがったから。まっ、相手の組とは、兄貴分のおれが出張って、向こうも、おれが出てきたってことで、話（ナシ）ついたんだけどね」

今にも、スマホを叩きつけんとする腕を止める代わりに、舌が躍った。

「ボケ！　このクソガキだけは、どこまでもナメくさりやがって！」

「……そうすけ」

居間から呼びかける悦子の声にも気づかない。

「兄貴分のおれをつかまえて、なんでこんなボケの舎弟設定になっとんじゃ！　逆やろがい！」

「……静かにしい」

「しかも何がナシつけたじゃ！　お前でつく話なんて、どこにあるん……」

「そうすけ！」

「はい！」

これまでにない音量の一喝に、身体が反応した。

「近所迷惑なるやろ！　早よ寝なさい！」

「はい！」

ただちに電気を消し、スマホを枕の下に入れ、宗介は布団に入った。

そして、すぐに気づいた。

まただ。

怒鳴ったのは、夜勤の刑務官（オヤジ）じゃない。

オカンだ。

またやってしまった、このムショぼけめ。

部屋の電気は消したまま、宗介はムクリと上体を起こした。ほとんど無意識のうちに、枕の下のスマホに手が伸びたが、止めた。

眠たくはない。

することもないので、部屋を見渡した。

窓から差し込む月の明かりに照らされて、ちゃぶ台の上に飾った写真が浮かび上がった。元嫁のキョカに娘のナツキ、息子のカイト。

そして、宗介。

全員が笑顔でこっちを見ていた。

あのときは、家族で沖縄へ旅行したのだった。

それも、ベストシーズンの夏休みに、ひとり1泊20万円のプレジデンシャル・スイートで、3連泊。

思い出しただけで、全身が震える。

まったく、それほどに凄い部屋だった。画面が視界に収まりきらないほど巨大なテレビ。一緒に、ゲームの鉄拳で勝負したカイトは小さな胸を興奮させていた。

室内のバーカウンターには、酒も揃っていた。ビールからウイスキー、テキーラまで選取り見取り。赤星の瓶まであったので、テラスでがぶがぶやった。飲み干して電話を入れると、すぐに新しいのが届く。

目の前には、コバルトブルーの海とひと続きになったかのように見える部屋付きのインフィニティ・プール。上半身に立派な絵を持っているので、宗介がプールで拒まれるのは日常茶飯事だったが、ここなら邪魔者もいない。水を怖がるナツキの手をとって、一緒に入った。

20万円の宿泊代には、食事代も含まれていた。寿司、鉄板焼き、中華、スペイン料理など、すべて食べ放題。

初日、キヨカは中トロ、大トロ、うに、いくらのループを5回以上は繰り返した。

宗介も、大トロを20貫は食い散らかした。次の日は、鉄板焼き。楽しみにしていたが、そう、ホルモンがなくてガッカリさせられたのだった。

翌日は、タクシーで方々に出かけ、キヨカには靴、ナツキには子ども用の洒落たアロハ、カイトには本物の革でできた野球グローブを買ってやった。自分のためには、ウブロの腕時計を買った。家族旅行、3泊4日で計500万円。

宗介は、組に上納する金でさえ悦子に借りるありさまだった。金儲けは、それほど性に合っていなかった。にもかかわらず、驚きの一発、500万円を手に入れられたのは、まったく偶然の産物であった。

ケツ持ちをしていたスナックで、勘定を支払えずに暴れた男がいたので取り押さえ、金を回収するために家までついていったときのこと。

「お詫びです。どうとでも使ってください」

タンスをひっくり返し、流しの下から（金はなかったが、古い梅酒の瓶があった）ソファのマットの中まで、金目のものを捜索された男が、必死に頭を下げながら、1枚の借用書を差し出してきたのだ。

昔は羽振りのよかったらしいこの暴れた男が、町工場の経営者に書かせた借用書だという。もう、10年以上も前に書かれた紙切れだ。

そんなもの、今さら役に立つはずがない。

と思ったが、宗介は暇だった。

若い衆を連れて、借用書に記された住所に行ってみると、本人は死んでおり、跡取りの息子がいた。そして驚くべきことに、跡取り息子は抵抗することもなく、通報もせず、震えながらあっさり現金を差し出したのである。

想像もしていなかった幸運に、宗介の頭のネジは吹き飛んだ。

札束は、魔物だ。

キヨカよ、おれの器量にひれ伏せ。

ナツキ、カイト。

オトンは、そこらの男とちゃうねん。

3泊4日で、500万円。

人生最高の遊び。

結果的には、最初で最後になってしまった家族旅行。

プールの前で、従業員に撮らせた1枚の写真。

キヨカは、にっこり笑っている。

サングラスをかけたナツキは、名子役のようにポーズを決めている。

もはや思い出せないが、当時好きだったアニメの登場人物だ。一見クールに見えるが、じつは天然ボケの性格で皆を時々笑わせてくれる。そんな性格のなんとか、という女の子のポーズだ。

カイトは、おちゃらけていた。

そう、陣内家には皆を楽しませるひょうきん者の血も流れているのである。あのプレジデンシャル・スイートでは、かき氷も食べ放題だった。カイトは、ブルーハワイを何度もおかわりして、それから腹がじくじくになって、べそをかいていたのだった。

そして自分は——現役のヤクザだった頃の、得意満面が漏れ出した15年前のキメ顔をあらためて眺めて、宗介は苦笑した。得意になっていたばかりで、幸せかどうかなど考えもしなかった。

幸せの瞬間なんて、その時には分からないものなのかもしれない。もしかすると、歳月が記憶の中の想い出を昇華させて、幸せな瞬間に変えてしまうのだろうか。

写真に残る4人の笑顔。

振り返ってみても、あの時は、たしかに幸せの中にいたはずだった。

が、それと気づいてはいなかった。

幸運の500万円のごく一部でさえ、宗介は振舞わなかったのだ。

悦子にも、サトシにも、舎弟のＨＩＲＯにも。

「ええか。何も心配せんでええ。ゼニのことも、これからは何も心配いらん。でかいヤマあてたる」

沖縄旅行から約半年後、宗介はいつもの一文無しに戻っていた。

若頭の平松から上島組の組長を弾くよう指示されたとき、宗介はキョカに言ったのだった。

「そうちゃん……大きいヤマって。キョは今のままで充分、幸せやから、危ないことやったらほんまにせんとってな」

もちろん弾く云々など細かいことは説明しなかったが、ただならぬ気配だけは伝わっていたのだろう。

あのときは、キョカの言葉を腹の中で笑った。

「ヤクザやってんねんぞ。誰もができへんような、ええ暮らしをお前らにさしたるために、おれはヤクザやっとんねん。ちょっとの間、寂しい思いさせるけど、何も心配せんでええ」

そして銃撃後、出頭した宗介は徳島組の関与を否定し、個人の犯行で押し通した。

幸いというべきか、相手は死なずに殺人未遂で済んだため、20日の勾留期間が過ぎると接見禁止も解除されたのだった。

だが、待てど暮らせど、キヨカはやってこなかった。

逮捕されて約1ヵ月が過ぎ、留置場から拘置所へ移送された頃、そっけない手紙が届いた。

「引っ越しをする」と書かれていたが、どこに引っ越すのかは書かれていなかった。組が付けてくれた私選弁護人に携帯電話を鳴らしてもらっても、キヨカが取ることはなかった。

先に裏切ったのは、若頭の平松と組織だ。

その衝撃も冷めやらぬなか、キヨカから離婚届が送られてきたのだ。

あれは辛かった。

宗介はなぜだか、いろいろと思い出した。

それでも涙など出ない。

考えても仕方のないことだからだ。と、考えることを塀のなかで身につけた。

宗介は立ち上がって、電気をつけた。

月明かりに照らされていたとき、家族写真は神々しく輝いていた。

LEDライトのもとでは、ただの写真だ。

これまで14年間そうしてきたように、宗介は日記を書き始めた。辛い時、苦しい時には、いつも雑記帳に文字を書くことで気持ちを紛らわせてきたのだ。

長い務めに入ると、たいていの者は字がきれいになる。獄中ではデジタル機器が使えないため、シャバではメールで済むことを、ボールペンで便箋に書かねばならない。日記も同じである。ゆえに、受刑者は手紙が巧(うま)い。時候の挨拶も、山のように覚えている。

だからといって、手書きが好きになるわけでもないのが不思議である。シャバでは、ボールペンもノートもいらない。アイフォンがあれば、いつでもどこでも打てる。

今夜は胸がざわついている。

このまま、考え続けるのは辛い。

どうにか、文字を吐き出して、頭のなかの言葉を減らしたい。

その画面に、雫(しずく)が落ちた。

まだ書き始めていないのに、今日はもう、何も書けそうにない。

となれば指はまた、ユーチューブをタップしてしまう。

気分を変えたい。

ＨＩＲＯの動画は、すべてを怒りへと導いてくれる。

落ち込むよりは、まだムカついた方がましだ。

さっきまで見ていた動画を開き、親指でタップした。

早送りするためだったが、ちがうところを触ってしまったようで、コメント欄が開いた。

「誰か、このボンクラの文句を言うてへんのかい」

宗介は、ひとりごちた。

目に留まったのは、ボンクラの文句ではなかった。

初めまして夏希といいます。14年刑務所にいた尼崎の人のイニシャルはＪ・Ｓじゃないでしょうか？　ＨＩＲＯさんは、もしかして塚口にいたＭさんじゃないですか。

第3章

14年前

くたびれ果てた畳が8枚。

そこに、8人のむさ苦しい男ども。

電話ボックスのような洋式便所、水場に蛇口がふたつ。

空調設備はない。

拘置所の雑居房に充満する、猛烈な茹だる暑さ。

そうした空間でも、宗介には悪くなかった。辛いはずの塀のなかの暮らしがまったく辛くなかった。

「兄貴！　コーヒーでも淹れましょうか？」

重岡定良がポットを片手に、インスタントコーヒーのカップを取った。

拘置所と刑務所はちがう。

そのことも、世間ではあまり知られていないかもしれない。

刑務所に入るのは、刑が確定した者。

拘置所にいるのは、まだ判決が確定していない裁判審理中の未決囚たちだ。

彼らは、限りなく犯罪者に近い存在だが、まだ悪の烙印が押された確定受刑者にはなっていない。

そのため、刑務所で行われるような強制作業もないのである。

そして刑務所よりは規律も緩く、間食のお菓子も購入できる。

宗介は重々しく、シゲに語りかけた。

「いや、かまへん。またコーヒー飲んだら、カフェインで寝られへんようになるやろ。朝も飲んだし、今はええわ。それより、シゲよ。なんや肩が凝ってきたから、ほぐしてくれや」

普通の未決囚が同じことを言えば、大顰蹙を買って喧嘩になるか、同房の男どもから無言の圧力をかけられ、居場所を失ってしまうだろう。

そして最後は、刑務官に嘆願するしかなくなってしまう。

「転房させてください！」

その意味では、ムショとシャバには通じる部分がある。

どのような場所であっても、複数人で共同生活を送るためには、それぞれに、人間として最低限の気遣いや配慮がなければならないのだ。

しかし、どうだ。

えらい生意気を言われたシゲは、逆に目を輝かせているではないか。

「わっかりやした！　兄貴、ちょっとは身体休めてくださいよ！　シャバに出たらもっと忙しくなるんすからね」

シゲは20代前半の、関東の出身である。宗介の地元である兵庫県尼崎市に出し子として訪れ、他人名義のクレジットカードで金を引き出したところを御用となった。

「ほんま、お前って調子ええよな。あのな、お前は他所者やから、なんも分かってへんやろうけど、尼崎はそんな甘いもんちゃうど。言うといたるけどな」

泥棒ばかりを繰り返している前科8犯の男が、冷ややかな目を向けた。

「なんだテメェ、兄貴のことナメてんのか！　兄貴のことナメてんなら、ウチの兄貴が黙ってねえぞ！」

威勢よく立ち上がったシゲが、コソ泥を睨みつける。

まったく困ったやつだ。

「なに言うとんねん。ナメとんのは陣内の兄さんやなくて、シゲちゃんやないかっ。シゲちゃんみたいなん連れて、シャバで道中してたら、それこそ、陣内の兄さんの身体がいくつあってももたらんわ。ねえ兄さん？」

半袖シャツから刺青を覗かせた太鼓腹の男が合いの手を入れると、「おうた、おうた」と声が上がり、笑いの渦が起こった。

「もう、辰さんは同業者なんだから、そんないけず言いっこなしですよ。自分が兄貴の名前でマウントとるような、そんなマネするわけねえじゃないですか。ねえ、兄貴っ」

すっかりヤクザ気分のシゲが、宗介に助けを求めた。

苦笑いがこぼれる。

「同業者なんだから……」

いつから、シゲはヤクザになったのだ。

雑居房の男たちは皆、宗介に気を遣ってくれた。

それは、あのときの、21歳で初めて経験した拘置所とは大違いだった。

塀のなかには、厳しいルールがある。

入所歴の古い者が一番偉く、入ってきたばかりの新人は便所掃除をおこなう。

未決日数が増えるに従って、房内の階級のようなものが上がっていくのだが、その暗黙のルールには例外もあった。

それは、シャバに残してきた影響力である。

たとえ塀のなかだといって、ヤクザの親分クラスの、いわば「プロの新入り」を、アマチュア犯罪者の古株がこき使えるかといえば、そんなことは到底できない。

というより、しようとも考えないだろう。泥棒や放火魔は問題外として、シャバの犯罪の栄光は、そのまま塀のなかでも光を放つものなのである。

21歳の宗介が起こした事件は、犯罪の栄光からほど遠いチンケな出来事だった。酒に酔った末の傷害事件。3カ月間、雑居房で便所掃除をさせられ——単純犯罪だっただけに裁判の審理期間も短く——便所掃除を務め上げた頃には、執行猶予を持って社会へ帰還した。

しかし、今回はちがう。

今回の事件は、前刑のような私事の懲役ではなく、組事である。ヤクザ組織のために起こした、誉れと見做される事件だ。となれば、宗介に対するなかの男どもの態度もすっかり変わる。

「ま、ええやないか、なんでも」

余裕たっぷりの口吻で、宗介はカマした。

「全員、おれのところ来たら、面倒みたるやんけ。おれはな、あんまりこんなん自分で言うん好きやないねんけど。出たらなあ、幹部どころか組を持たしてもらうことにもなってんねん。それとな、これはここだけの話やけどな……」

宗介は声を潜めた。

廊下で、刑務官が聞き耳を立てているかもしれない。

「この仕事でな、組から5000万もらうことになっとんねん。ま、別でマンションや車くらいも用意して待っとるやろな」

一生とまではいかないが、これでキョカやナツキ、カイトに不自由させることはないだろう。かなり長い間会えないが、暮らし向きが良ければ、父親としてのメンツも立つはずである。そのために、拳銃を握ったのだ。

おれは、立派な俠(おとこ)でありたい。

組事に我が身を賭けた男一匹、陣内宗介。

命もいらぬ、名もいらぬ。

妻も子どもたちも、舎弟も兄弟分もこぞって背中を仰ぎ見る。

誰もが、ヒーローの帰りを待っている。

札束、外車と陣内組を用意して、待ちわびている。

この心地良さたるや。

気持ち良さたるや。

もうすぐ始まる長い懲役も、それを思えば、どうってこともない。

「あ～あ、出所やったら祝いやらなんやらで、その日から忙しなるのう。実際、14年や15年の懲役なんて、おれからすると骨休みたいなもんやど」

鼻の穴を膨らませて放言すると、房内で賞賛の声が爆発した。

「さすが、兄貴！　15年の懲役が骨休みって、やっぱ、おれの兄貴はちげえや」

「組持ちで5000万って、ほんまでんの！」

「幹部どころか、もう組長ですやんか。ワシ、出先の舎弟にしてもらえませんか」

悪くない。

金の心配も、社会で帰りを待つ家族の心配も、まったくしなくてよいのだ。

ただ、会えないだけ。

と、一瞬できた空白をぶち破るかのように、刑務官の立ち止まる足音が響いた。

全員が素早く、廊下に視線を向ける。

パブロフの犬だ。

自分に面会が入ったのではないかと、皆が期待している。

「陣内、面会やど」

馴染みの刑務官が、宗介に面会を告げた。

餌にありつけなかった者たちのため息が、房内の空気を澱(よど)ませる。

「兄貴、行ってらっしゃい」

誰もが、カラ元気を奮い立たせている。

「人気者はちがうでな」

　宗介はゆっくりと腰を上げ、あえて気怠い声を出した。

「なんや、なんや、そんな毎日。なあ、そんな毎日、面会なんかこんでええって事務所のもんに言うとんのに、誰や。本部のもんでもきたんかい」

　いつものように、シゲが大仰に拾う。

「本部！　かっけ！　兄貴、最高っす！」

　やりすぎるぐらいの褒められ方が、とにかく気持ち良い。

　解房された鉄扉の前にゴム草履を無造作に置くと、皆の羨望のまなざしを背に、宗介は歩き始めた。馴染みの刑務官と共に、面会室までの廊下を肩で風を切って。

　誰が来たのか知らないが、またやつらに土産話を聞かせてやろう。

　雑居房から面会室までは、ふたつの鉄扉を通るだけ。

　面会が混雑しているときは、びっくり箱と呼ばれている待合室に入れられるが、今日は空いているようだった。

＊

目の前には、薄茶がかったアクリル板。

この薄っぺらなアクリル板が社会と獄との境界線として、ふたつの世界を仕切っている。

向こう側、つまりシャバのパイプ椅子には、でかい尻を沈ませて平松信二が座っていた。

徳島組のナンバー2、組長に次ぐ若頭(カシラ)だ。

「どないしてん、兄貴。そんな険しい顔して」

下膨れの頬を引き締めた平松が難しげな表情をしているので、宗介はおちゃらけてみせた。

面会では、専門官と呼ばれる看守部長が宗介の右隣に座り、会話のやりとりを台帳に記す。かならず記録が残るので、下手な会話はできない。

あるいは、管理側(オカミ)にとってまずい会話をする場合は隠語を使う。

「もしかして、姐(ねえ)に逃げられたんかい？」

「アホ言え、そんなわけあるかい」

険しい表情のまま、平松がボソッと言った。

「ほんま、兄貴は姐の尻に敷かれとるからのう。ええやんけ、あんなブサイク。ほっとけ、ほっとけ」

　これは秘密の暗号でもなんでもなく、ただの悪ふざけだ。

　目の前の平松とも、ずいぶん長い付き合いになっていた。

　暴走族だった宗介を、ヤクザの世界に誘い込んだ腐れ縁である。

　とはいえ、ヤクザの常識でいえば、どれだけ長い付き合いになったとしても、若頭にこんなしゃべり方は許されない。軽口を叩いた宗介を平松はキッと睨みつけたが、すぐに視線を外して、短い言葉を吐き捨てて口籠もった。

「だ、誰がブサイクじゃ。そんなんとちがうわい……」

　どうも、おかしい。

「ほんなら、なんやねん。辛気くさい顔して」

「ほっとけ、生まれたときからこの顔じゃ」

「また甘いもんの食い過ぎで、糖尿でも悪化したんかい。っていうか、もうようさん、ほやき（甘味品）の差し入れが溜まってもうとるから、お菓子の差し入れはいらんど。他の目もあるから、お菓子なんて食わん設定にしとんねん。ジギリかけたサムライや思われてるおれが、ほやきをバリバリ食べとったら、カッコ悪いやろう……っていうか、兄貴」

宗介は、一番の気がかりを口にした。

「兄貴、キヨや、キヨ。どうなっとんねん？　この前も言うたけど、ちゃんとキヨカに電話してくれたんか？」

「なんべんか電話したけど、取らんやったから……留守電したで」

「ひとつも連絡がないぞ。家には行ってくれたか？」

「いや、まだやが、みんな元気にやってると思うぞ」

妙に歯切れが悪い。

「思うぞって、なんやねん、その言い方」

平松が視線を下げたまま、大きく頭を振った。

「宗介、あんな……破門になったんや」

ん？

「誰がや、HIROかい？　なんでやねん？　どうせ捲れてへんシノギでもサツにチンコロして、徳島のオヤジがヒステリックなっとんやろ。ほんま、あいつだけは、どうしようもないの」

銃撃のことは、すべて宗介がかぶった。

HIROには、執行猶予もつくはずだ。

それが、なぜ破門？

いちおうは、陣内に同行して組事に関わったのだから、ＨＩＲＯの評価も上がったはず。

そうなると、チンコロ以外、考えられなかった。

うつむいていた平松が突然、視線を合わせてきた。

「ＨＩＲＯじゃない」

「へっ？」

「宗介、すまん。すまんけれども……」

平松の分厚い唇から飛び出した言葉、その不穏な響きに、脇の下からブワッと汗が噴き出した。

「兄貴、突然……何を言い出すねん、どないしてん、急に」

「だから、すまんけれども……お前が破門なんや」

「はっ？　おれが破門っ」

ドッキリのつもりか？

「ワシも知らなんだが」

まるで金縛りだ。

頭の中が真っ白になって、気が遠のく。

「お前が、向こうの組長を弾く前……2、3時間前らしいんやけどな。向こうと、ウチの本部で手打ちが成立してたらしいんや」

こいつはいったい、何を言っているのだろうか。

夢か。

夢なのか？

右手で自分の頬を張った。

パン！

痛い。

パン！

やっぱり痛い。夢じゃない。

「それで、本部の親分がえらい怒りはってな。お前を破門せえって言わはってん」

喋り出した平松は、なりたての子役のようだった。

小さな脳みそにギュウギュウに詰め込んだ長ゼリフを、一所懸命に吐き出す。

吐き出すことに精一杯で、自分の演技までは意識できない。

夢ではないが、これはウソだ。

宗介は思った。

ウソではないかもしれないが、断じて本当のこと、真実でもないはずだ。

「それで、すまんが、お前は事件を起こした前日の日付で、ウチを破門になったいうわけや」

長ゼリフを言い切った平松は、ほっとした様子でアドリブを足した。

「なっ、宗介、分かってくれ。なっ！」

この「なっ」で、宗介はキレた。

「な、な、何を言うとんねん！　そんなもん知るかいっ！　本部のオッサンがどないしてん！」

身体中の血液が、脳みそにぐんぐん吸い上げられていくのが分かった。

幽体離脱のように遠くなり始めていた意識が、怒りでシャンとした。

「お前、宗介、お前！　本部の親分に向かってなんちゅう言い方しとんねん」

「じゃかましい、当たり前やないかい！　ほんなら、ほんなら、あれはどうやねん！　あれはどうすんねん！」

「あれって、なんやねん？」

平松の間抜けな声に、サブイボが立つ。

「組持たしたるいう話やないかいっ！」

その瞬間、これを憐れみと呼べばよいのだろうか。

動顚していた平松の顔つきが、突然、大仏のような、微かな笑みでも浮かべているような、はたまた虫けらでも観察するような穏やかな雰囲気に落ち着き、そしてゆっくり、ゆっくり首が横に振られた。

「お前な……ウチから破門したのに、組なんて出せるはずないやろ」

「出せるはずないって、お前、お前、それやったら、お前、こら、銭もなしとか言うんとちゃうやろな」

お前、お前……平松の表情がまた一転。

「オドレ、どっちもなしに決まっとるやろが！　ヤクザしとって破門の意味も知らんのかいっ！」

もう座ってなどいられない。

「何が知らんのかいじゃ！　何がどっちもなしじゃ！　オノレらが、銭やる組やる言うたから、おれは弾きに行ったんちゃうんかい！　黙ってきいてりゃ、こともあろうに、おれを破門やと」

宗介は、喉元に残る最後の言葉を吐き出した。

「やれるもんやったら、やってみんかいっ！　あんまりナメたことばっかり言うてたら、お前らこそ破門してまうど！」

「陣内、落ち着け！　座りなさい」

制止しようとする看守部長を怒鳴りつけた。

「やかましいわい！　大事な話しとんのが分からんのかいっ！　オドレみたいなサラリーマン風情は黙っとかんかい、ボケがっ」

「そうすけ、まっ、そうすけ、そーうすけ、まっ。落ち着け、まっ、聞け、ちいと聞けって」

平松が、必死の猫なで声を出す。

「オドレ、なんじゃい！」

「そーうすけ、まっ、そーうすけ」

平松は、赤ん坊でもあやすように、小声で繰り返した。

「なっ」ではなく、「まっ」なら大丈夫だとでも思っているのだろうか。

「形だけや、そうすけ。分かるやろ？　まっ、あくまで、形だけの、破門や。そうすけ、まっ」

宗介は、看守部長を窺った。

もし破門が、対警察のニセ作戦だとすれば、ここからは隠語だ。

遠回しに、大事なことが語られるはずだ。

「まっまっ、そうすけ、まっ、10年も経ったら、のう、本部の親分も忘れはる。まっ！　ほんなら、うまいことワシが立ち回って、ワシがお前を組に復縁させたるから、まっ、落ち着けって」

10年も経ったら、忘れる。

まっ。

「オドレ、何が復縁じゃ、こらっ、平松。お前、誰がおれに命令してん？　おう、担当おる前ではっきり言うてみんかい！」

宗介が口を割れば、徳島組は全員、ただではすまない。

平松だけでなく、組長の徳島銀次まで殺人未遂の教唆（きょうさ）で逮捕されることになる。

「ひ、ひ、平松って誰に言うてんねん！　オドレ、ワシャお前の兄貴分で、一家のカシラやぞ！」

「やかましいわい！　こらっ！　人の人生台無しにしといて、言うにこと欠いて忘れるやと、忘れられてたまるかい。オノレらだけシャバでぬくぬく暮らしていける思ってたら、大間違いやぞ！　出たら真っ先にケジメ取りに行ったるから、よう覚えとったれよ」

ゴクリ。

言葉を失った平松が生唾を呑む音が聞こえたような気がした。

だからといって、何もできない。

平松はシャバで、宗介は塀のなか。

囚人の言葉は、どこまでもいっても虚しく面会室に響き渡るだけ。

派手にカマしてみたものの、負け惜しみにも、捨てゼリフにさえ昇華させることはできなかった。

面会室からの帰り道。

廊下まで響き渡った罵声を聞いていたのか。定年を間近に控えた看守が声をかけてきた。

「陣内よう。正担に言うて、独居に転房させてもうたろか？」

宗介は、面会からの戻りを、今や遅しと待ちわびているシゲたちを思い浮かべた。

「オヤジ、すまん……そうしてくれるか」

わずか十数分前には、この廊下を肩で風を切って歩いていたのに。

宗介には、それがもう随分と昔のことのように感じられた。

あのときは、ずいぶん昔のことのように感じられたのに。

今はどういうわけだ。

平松との面会が、つい昨日のことのようにリアルに脳裏によみがえる。

あれから14年も経っているのに、またた。

宗介は、ふつふつと湧き上がる怒りに両手を震わせた。

おれは兄貴分に裏切られ、組に捨てられたのだ。

頭に血が上ると、一緒に手が震えてしまう。

震えを止めるために、インターフォンを連打した。

平松、早く出てこい。

ふざけやがって。

*

宗介を破門にした後、徳島組はあっという間に崩壊した。

金に詰まり、組員が雪崩れるように脱退していったのだ。

ヤクザは結局、金と暴力。

組織に金があるから暴力のリスクをとる組員が生まれ、暴力があるから金も集まってくる。

鶏と卵のようなもので、どちらも欠かせない。

徳島組は暴力のリスクを背負った宗介を捨て、さらに金まで失った。ヤクザ組織は隆盛を極めるのも、崩壊するのも一瞬だ。いったん動き出した流れは、人の力ではどうすることもできない。

そして、誰もいなくなった。

徳島組はつぶれ、キヨカからは離婚届。

この14年間、塀のなかの宗介に面会に来たのは、悦子とサトシだけ。

ふざけやがって。

若頭の平松だけが捕まることもなく、解散まできれいな身体のまま。

シレッとカタギに戻り、商売を始めた。

この家、内装屋の平松クロス。

探し当てるのに、1カ月もかかった。

ふざけやがって。

インターフォンを押し続けると、見覚えのある不細工な顔がドアを開けた。

「久しいやないか」

ぺしゃんこの鼻。

蛙のように離れた両の眼。

乾燥してささくれだったタラコ唇。

「……陣内くん」

平松の嫁だ。

「姐やん」

と、不細工な嫁がすさまじい速さでドアを閉めようと。

その前に、陣内が右足を突っ込んだ。

「ババァ！　どかんかい」

平松の妻を払いのけ、そのまま土足で玄関を上がると、今度は「キャア」。

視線の先、階段で固まっている別の女。

「キャア」

声は女子高生のようだが、顔には、よく知るオッサンがへばり付いていた。

「しゃべんな、不細工！」

考えるまでもない。

顔面を見れば、それが平松の娘であることは一目瞭然だ。

大喝して、廊下を真っ直ぐに進み、一番奥の部屋を勢いよく開け放った。

山のように積まれた壁紙の見本や端材、塗料の缶。

雑然とした倉庫のような部屋で、時代がかった大きなモニターを見つめている背中が、ビクッと揺れた。

「平松っ！」

野郎に間違いない。

「そうすけ……出てきたの……」

変わらぬ声。

ゆっくりと振り向いたその顔は、恨みを募らせ続けたあのときの、つい先ごろまで14年間思い続けてきた憎き平松そのもの……とは、まるでちがう。

シワシワのクシャおじさんに成り下がった平松だった。

徳島組で若頭を務めていた強面の面影はどこにもなく、拳をぶん回すつもりでドアを開けた宗介は拍子抜けしてしまった。

「久しぶりやの……」

気持ちは、まったく収まらない。

納得も、逆に反感もない。どうした、こいつはいったい。

腹から怒声をひねり出す。

「出てきたのとちゃうわいっ！　オドレ、おれの人生を台無しにして、どないして責任とるんじゃい！」

言い返してみんかい。

「ごめん」

予想だにしない詫びの言葉に、宗介は後ずさりしそうになってしまった。

「ごめんって、なんじゃい！　オドレ、オドレ、言うにこと欠いて、ごめんって。オドレ、ヤクザ者ちゃうんけ！」

宗介は、必死になって煽った。

「オドレ、若頭やろがい！　若い者に身体賭けさせたんやから、きっちりケジメつけんかい！　なにが、ごめんや」

「宗介……ほんまに、ごめんやで」

しょぼくれた平松は、目に涙さえ浮かべて宗介を見つめた。

どうしてよいか分からなくなってしまい、宗介は平松を睨み続けた。

「ワシ、もう、ずいぶん長いこと、真面目に働いて」

「そんなもん、関係あるかいっ」

「30万ぐらいやったら、どうにか、こうにか」

平松を睨みつける宗介の目に力がこもった。

「ひっ、い……」

腹に溜め込んできた思いを、ついにぶちまける。

「平松っ！」

「はいっ、ひっ、い……」

かつての若頭が、頭を抱えて怯えている。

「おれを、おれを！」

「ごめんやっしゃ、ごめんやっしゃ」

「おれを雇わんかい！」

「へっ？」

こうして急転直下、宗介は平松クロスで働くことになったのだった。

もちろん、恨みがないはずはない。

14年もの間、積もりに積もった山のような恨みを簡単に忘れることなど、できるはずがない。

宗介は怒っていた。

当然だ。

もし、平松がカタギの世界でうまくやっていたのなら、しっかり札束を吐き出させるつもりだったし、逆にルンペンに身をやつしていたなら、路上で蹴り飛ばしていたかもしれない。

ところがどっこい、宗介を切り捨てた憎き平松は、なんともなっていなかった。金持ちにも、貧乏人にもなっておらず、あまりにも、ちょうど小ぢんまりした、なんというか、どこにでもピッタリの、いわば空気のような小市民に変貌を遂げてしまっていたのだ。

ドアの隙間から姐さんを突き飛ばしたとき、宗介は怒り狂っていた。階段で、平松の娘に鉢合わせたときも、宗介は怒っていた。

ところが突き当たりの部屋で、しょぼくれた平松を見つけた瞬間、宗介は怒るというより、驚いてしまった。だが、ただ驚いていても仕方ないので、怒鳴るだけ怒鳴っている最中に、融通のききそうな平松のクロス屋で、とりあえずリハビリも兼ねて働かせてもらおうと思いついたのだった。

なにせ、生まれてこのかた1度も働いたことのない上に、14年のブランクまであるのだ。40代の半ばにもなって、急に社会へと放り出されてしまった。金のないヤクザという肩書なら、まだプライドの誤魔化しようもあるが、実家暮らしの無職のカタギとなると、自分を騙し続けるにも限度がある。

かといって、刑務所の矯正作業ですらまともにやらなかった宗介が、見ず知らずの新天地で一から働いたところで、半日も持たずに辞めてしまうであろうことは明らかだった。

というより、こんな男をいったい誰が雇うだろうか。

そこで元の兄貴分でもあり、大きな貸しのある平松のところに身を寄せ、無理やりにでも無職の肩書を外すことにしたのだ。

そして、1週間後——むんむんと熱気を放つアスファルトが、夏を演出する日。

時刻は、昼の12時半を回っていた。

悦子が作ってくれた弁当を食べ終えた宗介は、現場の敷地内に停められていたワンボックスの助手席を倒し、身体を伸ばしていた。汗のかいた缶コーヒーを口に含むと、全開に開け放った窓から、タバコの紫煙を吐き出す。

仕事の合間にくゆらすセブンスターは、心なしかうまく感じた。

ボードのネジ穴にパテをうち、ヤスリをかける。

埃まみれになるが、随分とサマになってきた気もする。やればできるのだ。

「おっ、じんちゃん、ここにおったんかいな。探したで」

大きな身体をのっさのっさと揺らしながら、平松が近寄ってきた。

タバコをまた吸い込む。

そして、平松が顔を寄せてきた瞬間、吹きかけた。

「うわっ、けむっ！」

咳込んで仰け反った平松を見て、宗介はニヤっと笑う。

「じんちゃん、せっかく14年もタバコやめたのに、もったいないなぁ」

何度試しても、平松は挑発に乗らない。

それどころか、余裕シャクシャクで逆襲するカタギになってしまった。

「いっそ、タバコなんてやめたらよかってん。今な、セブンスターなんて吸ってんの、誰もいてへんで。みんなアイコスとかグロウとか、電子タバコやねん。じんちゃんがおらん間に、時代も変わってんで」

まったく「お前も変わったしのう」と嫌味でも言ってやろうかと思ったが、それもまた上手く切り返される気がしたので、やめた。

短く、用向きだけを尋ねる。

「どないしてん？　そろそろ、給料でも上げてくれんのかい」

まだ4日しか働いていないが、おれにはその資格がある。

「なんせ兄貴は、出てきたら5000万円くれるって言うとってんからのう」

「じんちゃん、じんちゃんってば、もう、その話はすまんって何度も謝ったやん。ええ加減、堪忍してえな。ワシもじんちゃんもカタギやねんで。そんな言い方せんといてや」

恥ずかしそうな顔で、後頭部をポリポリかきながら、平松が釈明する。

かわいいやっちゃ、と思ったそのとき、カタギ特有の恐ろしい爆弾が炸裂した。

「じんちゃん、あのな」

いかにも下から、言葉の上でも、体勢としても上目遣いの平松。

「なんじゃい平松、言うてみい」

早くも油断し切った、宗介。

「さっきな、現場監督から電話があってな。じんちゃん、よう気張って、やってくれてるって。えらい感心しとってな」

「おうおう、せやったら、ボーナスやな」

タバコをくわえたまま、右手を差し出す宗介。

平松は、その宗介の右手に紙を載せ、自分の両手で包み込んだ。

「ほんまにボーナスかい！」

平松はまだ、包んだ両手を離さない。

「ほんま言いにくいねんけどな。ウチの会社は、みんなカタギやろ。じんちゃんのこと怖いねんて。それでな、ウチの嫁さんもな。ほら、この前、じんちゃんが怒鳴り込んできて、それで、えらい気にしててな。あの時、ちょうど、家に高3の娘もおったしな。それでな、じんちゃん、めっちゃ言いにくいねんけどな。ウチでの仕事は今日までにしてもろて……ええやろか」

そのときの眼差し。

平松の両目はまるで子犬のように濡れそぼっていたが、同時に、有無を言わせぬカタギの凄みのようなオーラが滲んでいた。

「なんじゃい……また……破門かい」

細く、小さな情けない声で、宗介が鳴いた。

「……いいかげん、手、離してくれへんか、兄貴」

延々と、平松は、宗介の右手を握りしめていた。

「すまん、じんちゃん、すまん。ほんま、何もできへんねんけど」

ようやく、右手が自由になったので、平松が握らせてきたお札を確認する。

いや、お札ではなかった。

金ではなく、汗でふやけた薄汚いノートの切れ端が掌に残っている。

「じんちゃん、HIROに怒ってたやんか。面会も差し入れも1回もなく、あげくにシャバ出てきても挨拶すらないって。それで、ワシも周りに聞きまくってな。どうにか携帯番号を聞き出してきてん」

宗介は、汚い文字で書かれた11文字の数字を眺めた。

1が4つに、7が4つ。ゾロ目が並ぶ電話番号は、昔から、ヤクザか羽振りの良いバカが好むと相場が決まっている。

「今な、HIRO、ちょうど地元に帰ってきてるらしいで、じんちゃん。電話して繫がったら、会えると思うねん。ただな、HIROには、おれから番号を聞いたって、そこだけは言わんといて欲しいねん。教えてくれた人間の顔もあるから、そこだけは、ホンマ言わんといてな」

14年もの歳月は、ささやかな面影も残らないほどに人を変えてしまう。

「お前、かりにも一家のカシラやっとってんぞ。おれの兄貴分で、HIROからすれば、年も10から上やねんど。オノレの、もともとの舎弟の、さらにその舎弟やった人間の気遣ってどないすんねん。しっかりせえよ。平松から聞いたって、いの一番に言うたら」

「ちょっと、ちょっと。じんちゃん、勘弁してや」

平松が大きな身体で慌ててみせた。

助手席のドアを開け放し、宗介は平松の前に立った。

シャバ、カタギの世界では、ヤクザとはちがう仁義があるらしい。

その仁義は見え難いが、たしかに存在するらしい。

なんとはなしに、すこしは理解できるようになった。

気がしないでも、ない。

「ほな、おれはこれでクビやな」

「じんちゃん、ごめん」

「もうええ。せやけど、オノレの都合でクビにすんねんから、今日の日当はせめて出したれよ」

「えっ、じんちゃん、昼からの作業まだ残ってんで?」

ため息、漏れる。

「朝に貼ったクロス、ぜんぶビリビリに破って欲しいんかい」

平松はうなだれ、渋々ポケットをまさぐると、2万と3千円を取り出した。

その金を受け取り、タオルと弁当箱と水筒の入った手提げカバンを肩に引っかけて、宗介は炎天下を歩き出したのだった。

そして角をふたつ曲がったところで、ポケットの紙を広げ、電話番号を見つめた。

あの野郎、裏切り者のＨＩＲＯは電話を取るだろうか。

もしも逃げたなら、取るまで鳴らし続けてやろう。

それでも取らなかったら？

考えすぎるのは、身体に毒だ。

通話ボタンを押す。

「はいはい、誰？」

たった3回の呼び出し音で繋がった。

「さすが舎弟や。出るのが早いのう」

「えっ、誰」

「おれじゃ」

「オレジャさん？　えっ、誰？　オレオレ詐欺？」

「相変わらず、ボンクラやの。どこの世界に、オレジャさんなんて名前のやつがいとんねん」

　頭がこんがらがったのか。

　ボンクラは、しばしの沈黙。

「兄貴か！」

　14年という時間は、人の姿や中身を大きく変えた。だが、あまり変わらないこともある。声だ。変わらない、HIROの声。宗介の声も変わりなかった。

「おれじゃ」

　ボンクラ、また沈黙。

「選ばしたる。黙って出てくるか、探し出されて見つかるか。どっちや？」

　またまた沈黙の後、HIROは諦めたように応えた。

「兄貴、今、実家っしょ。兄貴の家の近くのお好み焼き屋。あっこ、喫茶店になったんだよね。ちょうどおれも今、撮影で地元に戻ってきてるから、そこで1時間後なんて、どう？」

　どうもこうもない。

　HIROには、まず関西弁から思い出させる必要があるようだ。

喫茶店の入り口も、コンビニの棚と同じ。

板チョコ、粒チョコ、果汁グミ、ポテトチップ、ラムネに駄菓子、クッキー。

端から端まで並ぶ甘食は、テンションを上げると同時に、恐怖心ももたらす。

お好み焼き屋は、ＨＩＲＯの言った通り、小洒落た喫茶店になっていた。

メロンパフェ、ストロベリーパフェ、アップルマンゴーパフェ、ホットケーキ、かき氷、ババロアの食品サンプルが視界を圧倒し、迫ってくる。

美味そうだ。

とんでもなく美味そうだが、いざ入り口を目の前にすると腰が引けてしまう。

ひとりで喫茶店に入るのは、苦痛だ。極度の緊張を強いられる。

特に飲食店なんて……。

当たり前だが、オーダーする際、嫌でも店員と喋らなければならない。店員が男だったらまだしも、若い女の店員だとその緊張が極限に達してしまい、うまく言葉が口から飛び出してくれないのだ。

サラリーマン風のスーツ姿の男性。

カップルとおぼしき若い男女。

ガラス越しに中を覗いてみるが、まだＨＩＲＯの姿はない。

ゆっくりと息を整えて深呼吸を繰り返し、意を決して足を踏み入れた。

「いらっしゃいませ！」

宗介は視線を合わせず、俯いたままで軽く頷いた。

これが精一杯。

「おひとり様ですか？」

鼓動が脈を打つように、早くなる。

「えっ、ああ、ひとり……」

しまった。

ふたりなのに、ひとりだと言ってしまった。

「こちらへ、どうぞ」

4人席のテーブルに案内される。助かった。

「ご注文、お決まりの頃にまたお伺いしますね」

「ああ、ありがととっ」

噛んでしまった。

一息入れた宗介は、メニューを開く。

そして驚いた。

メロンパフェも、ストロベリーパフェも美味そうだと思ったが、高い。どちらも
2000円近くする。これは高すぎる。もっと手頃な甘食はないのか。

目を皿のようにして探したが、見つからない。

トン、と水のコップが置かれた。

「ご注文は何になさいますか？」

20代半ばといったところだろうか。

すこぶる愛想の良い女の子が注文を取りにきた。

「アイス、コーヒー」

それしか思いつかない。

「コーヒーに、ミルクとシロップはお付けしますか？」

シロップは欲しいが、言葉が出ない。

「ブラックですね。かしこまりました！」

ブラックコーヒーなど、まったく好きではない。

とにかく甘ったるい飲み物が好きなのに、宗介はつい気取ってしまった。

頷くことしかできなかったからだ。

人差し指を立てて、女の子がオーダーを繰り返している。

いちいち、そんな何気ない姿にドキドキさせられて、反応してしまう。

世間ではこうした状態を、医学的に拘禁反応と呼ぶのだろうか。

実際に拘禁された者たちは、ムショぼけと言う。

「どこだ、どこだ！　どこだ！　おっ、いたぜ、いたぜ、マイブラザー」

突然、店内の空気が慌ただしく、大きなうねりをあげた。

「マジ最高！　みんな聞いてくれ！　おれのブラザーがムショから帰ってきてくれたぜ！」

ＨＩＲＯの登場だった。

「マジ、作業服っ！　この人、最高じゃん！」

そしてＨＩＲＯの後ろには、甲高い声ではしゃぐ若いモデル風の女。

何度か、動画で見かけた女だ。

さらにＨＩＲＯの真横では、短い髪を金色に染めた若い今風の兄ちゃんがカメラを構えている。

オーダーを取りにきていた可愛らしい店員は、関わり合いになることを避けるように、サッと店の奥へと引っ込んでいった。

「ブラザー、マジサンキュー。会いたかったぜ！　これ、おれからの出所祝いだ！　受けとってくれ！　今日は本当に最高な気分だぜ！」

目の前に座ったHIROがサングラスを外しながら、祝儀袋を差し出した。

「マジ！　リアル出所祝いじゃん！　マジ、リサ！　うけんだけど！　マジ興奮！」

HIROの横に立っていた女も椅子に腰かけた。

ムショ帰りでなくとも、街中ですれちがえば、誰もが振り返るほどの美形だ。

しかし、HIROに対する怒りが上回っていたのか、この女への緊張は生まれなかった。

「今日はブラザーから、会いたいって急遽、電話があって」

「おいっ」

「リサとガチってマッハで飛んでー」

「おいっ、言うとんじゃ！　黙らんかいっ」

HIROの声をかき消すように、宗介は拳骨を叩きつけた。

「あだっ！」

後頭部を押さえて、HIROがうずくまる。

口を大きく開けたまま、静止する女。

唖然とした表情で、カメラを構えた若い男も凍りついた。

「おい。クソ女（メンタ）にドチビ。オドレら、3秒だけやる。3秒以内に、おれの視界からいにさらせ（消えろ）。やないと、一生ここでバイトさせて、おれがシノギにしてまうど！」

一喝した瞬間、リサという女と若い男は、慌てて店から飛び出していった。

「お前も3秒以内に顔あげな、一生顔をあげれんようにしてまうど」

まだ頭を抱えているＨＩＲＯに声をかけた。

「はい！　すみません！」

ただちに顔を上げて、ＨＩＲＯは姿勢を正した。

「こらアホ。お前、何をしとんねん？」

「申し訳ありませんです！　サプライズ的なユーチューブを撮影してしまっておりました！　すみませんです！」

まるで14年前に、タイムスリップしたかのようだった。

気ままな暴力で、ＨＩＲＯはいつでも舎弟に戻る。

「まぁええ。とりあえず今の動画は配信するな。分かったな」

「じつは今の……ライブ配信でして」

ＨＩＲＯが消え入りそうな声を出した。

「ライブ配信ってなんや？」

「ライブ配信っていうのは、なんというか、生放送的な」

「生放送って？　なにぃ！　ほんならなにかい！　今の動画、もう流れてもうてんのかいっ」

「はい……リサが自分より数字持ってますんで、リアルに結構な数のリスナーが見てしまっているのではないかと」

「お前がムショ帰りとか言うてたことも？　おれの顔も？　おれが叩いたこともぜんぶ？」

「はい、ぜんぶです」

「あの、お客さま……」

「じゃかましい！」

仲裁にやってきた店長らしきオッサンを、宗介は怒鳴りつけた。

まずは、HIROだ。

こやつをとっちめないと。

「お前だけは、いっぺん入院でもささな、分からんみたいやの。キヨカや子どもらが見てたらどないするんじゃ！」

「だ、だ、だ、大丈夫です、大丈夫です！　あとでドッキリでしたって、動画上げますし、絶対にバズります！」

「そういう問題ちゃうわい、ボケ！　お前だけは、どこまでナメたことさらしたら気が済むんじゃ！　兄貴分のおれが、お前の分までかぶって懲役いっとんのに。面会も来くさらん、手紙も書いてこん、差し入れもせん、あげく、ユーチューブではお前ごときの舎弟になってる。おちょくんのもホンマええ加減にしとけよ！」

「ホンマ、ぜんぶ、すみませんでした！」

ふたりしてコントのような間抜け芝居を繰り広げていると、そこへまた、店長らしきオッサン。

「すみません……アイスコーヒーをお持ち致しました」

「おう！　マジサンキュー」

HIROよ……どうしてお前は、そこまで愚かなのだ。

「そこ置いといてよっていうかさ、なんで、おれにオーダー聞かねえの？」

宗介は、テーブルにあったお冷を HIRO に浴びせた。

「オッチャン、ごめんやで。このバカタレが迷惑かけて」

オッサンはお盆を抱え、ブルンブルンと首を左右に振りながら、急ぎ足で奥へとひっこんだ。

店中の視線が集まってしまったが、こうなったら関係ない。

盛大にやらかすときには緊張もしないものだ。

「で、お前、ユーチューブで今、月なんぼ稼いどんねん?」

宗介は言った。

「今ですか……月200前後ですけど……」

泣いているかのように、顔面をぴちゃぴちゃにしたHIROが答えた。

「そうか、それやめ」

「へっ?」

「おんなじこと何回も言わせんな。ユーチューブやめ、言うとんねん。おれが気分悪いから、ユーチューブをやめれ言うとんねん」

ようやくだ。

「口で言うて分からんのやったら、身体でやめたなるようにしてもええど」

昔のように、HIROが青ざめた。

＊

14年ぶりの再会。

HIROをとっちめて、気分よく家に戻ったが、玄関で足が止まった。

そういえば今日、自分は仕事をクビになったのだった。

おれを騙し、14年もの人生の時間を奪った平松。

その平松は、たった数日で、またおれをクビにした。

この4日間、毎日嬉しそうに弁当を作ってくれるオカンに、いったいどうやって言い訳をすればよいのか。宗介は玄関の前で黙想、シミュレーションしたが、これといって名案は浮かばず、ドアを開けた。

「ただいま」

昨日と変わらない声を作ろうとしたが、どうも力が入らない。

「おかえり」

悦子はいつも、わざわざ玄関までやってくる。

「どうやった？　疲れたやろ、今日も仕事ご苦労さんやな」

「まあまあ……大したことないで、オカン。いつも通りや」

目も合わせずに、つぶやく。

「仕事場の人らとケンカなんてしてへんやろな」

ギクッとしたが、無視で乗り切る。

「あんたが好きなハムカツ揚げてるから、先にお風呂入っといで。7時からボクシングの世界戦がテレビであるしな。ビールでも飲みながら、ゆっくりし」

「オカン。子どもみたいに言わんとってくれや」

黙らせようと、つい、きつい言葉を吐いてしまった。

「ちゃんと仕事もやっとる」

「それやったらええねんけど、あんたはすぐに怒って喧嘩するから、お母さんは心配なんねん。そやな、あんたも、もう大人やもんな。仕事くらいできるわな」

すまん。

オカン、ほんまにすまん。

それが出来ていないから、今日クビになったのだ。

「ただ、あれやで。いつまでも、平松の世話になるつもりはないで。あいつのところもちょっと仕事が薄なってきてるし、他にも、ウチで働いてくれへんかって誘いもあるしな」

「なんでやの。あの人と徳島さんは、あんたにデタラメばっかり言うて、長い間、刑務所に入れててんから、あんたは気にせんでええのに。ホンマあんたは人が好すぎんねん」

まったく、これからどうしたものか。

「とりあえず、風呂入って。今日はあれやわ、ごめんやけどもう寝るわ。ハムカツ、明日の朝に食べるから、ラップして置いとって。体調もちょっと良くないねん。ごめんな」

もう、悦子の顔を見ることもできなかった。

翌朝。

やたらに朝早く目が覚めたのは、悩みやストレスのせいではなかった。

スマホが鳴りやまなかったからだ。

「なんやねん、こんな……くそほど早い6時に」

HIROだ。

ムショでも、あと30分は寝ていられる。

「なんじゃい。ユーチューブは、どれだけ言うてもやらさんど」

「ちゃいますねん、ちゃいますねん、兄貴！　昨日の夜中に、ナッキちゃんから自分のツイッターにDMがきたんです！　ライブ配信の動画を見たみたいで。これ、間違いなく、ナツキちゃんですよ！」

「なにぃ！」

ナツキ。

おれのただひとりの娘。

そのナツキからDM……だが、DMとは何なのだ。

アドレナリンが炸裂した脳内に、グーグルという文字が浮んだ。あとで調べよう。

「間違いないんか！　間違いなくナツキかいっ！」

宗介の眠気は一瞬で消え去り、無意識のうちに立ち上がっていた。

第4章　再会

店のなかのテレビでは、朝の情報番組が流れている。

「やっぱりね、世の中にはいろんな人がいるわけですから。その多様性っていうんですか。とにかく、ありのままにね、そういう姿をね、ぜんぶ認めると。それがポリティカル・コレクトネスいうことやと……」

見覚えのあるデブが、小難しい表情で政治問題を語っている。

宗介がシャバにいた頃は、たしかバラエティ番組などで裸になって走り回っていたお笑い芸人だ。それが今では、朝の情報番組の司会を務めている。

えらい変わりようだった。

目の前に置かれた、サンドウィッチのモーニングセットに目を落とす。

刑務所のなかで、何度も夢に見た光景だ。

パンといえば、刑務所ではコッペパン。食パンではない。

いわんや、サンドウィッチだなんて、もってのほかだ。

シャバに出たら、当たり前のように喫茶店でモーニングを食べている姿を何度、想像したことか。エアコンのない塀のなかでは、とにかくガンガンにクーラーの効いた場所で、熱いホットコーヒーにモーニングセットを食べたいと願っていた。

ささやかな希望だ。

それだけで良かった。
だが実際、欲望が叶う環境に戻ってくると、そんなことでは満たされなかった
……それでも、今この瞬間の宗介は満たされていた。
もう20回は読み直しただろうか。
あの電話の後、HIROから送ってもらったナツキのDMに、また目を落とす。

突然のDM失礼します。今日のリサさんとのライブ配信を拝見させていただきました。もしかして、喫茶店で映っていた人は、陣内宗介という人じゃないでしょうか？　間違っていたら申し訳ありません。生年月日は、1976年2月14日になります。HIROさんと同じ地元の兵庫県尼崎市の出身です。

いつもリサさんとのコラボ楽しみに見ています。

お忙しい中、申し訳ありませんが、お暇な時にお返事、いただけますと嬉しいです。

夏希

自分譲りだろうか。

なんたる文才だ。

宗介は、満たされていた。

キヨカに叱られながらベソをかき、ひらがなを練習していたナツキが、こんな文章を書けるようになったのか。それだけで目頭が熱くなってしまう。

「いらっしゃいませ」

店員の声。

視線の先。

作業服を着たサトシが入ってきた。

店内を見渡して宗介を発見すると、顔を和ませて右手を軽くあげた。

「ホットドッグのモーニングセット、アイスコーヒー頼むわ」

店員にそう言うと、宗介の向かいに腰かけた。

「兄弟、どうしたん？」

宗介が待っていたのは、ＨＩＲＯだ。

なぜ、サトシがここに？

「おはよう、兄弟。ＨＩＲＯから電話があってな。会社に電話して、午前中の配送、他のやつに代わってもろうてん。なんやナツキが結婚するんやって」

そう言うと、サトシは持っていた鞄の中から祝儀袋を取り出した。

「兄弟、おれも兄弟の留守中、懲役に行ってたやろう。帰ってきたら、もう姐がどこいてるか分からんかったから、ナツキにもカイトにも何もしてやれんかってん。これ気持ちだけやけど、ナツキに渡したって」

祝儀袋の厚み、30万はあるだろう。

「兄弟、兄弟、あれやで。これ、兄弟にやるのとちがうで」

いたずらっぽく、サトシが笑う。

「こらっ！　オドレら皆殺しにしてまうど！」

若い衆をひとり連れて、ダンプで組事務所に特攻。

ありったけの銃弾を撃ち込み、狂犬と呼ばれた兄弟は、もうそこにいなかった。

3人の子どもを持つ父親の顔になっていた。

ナツキからDMがきたあと、宗介はすぐにHIROから返信させた。喫茶店の映像に映っていたのは、間違いなく陣内宗介だと。

すると、次にやってきたDMには、ナツキがもうすぐ結婚すること。ナツキのお腹には赤ちゃんがいること。そして、ナツキは宗介のことを恨んでいない、といったことが書かれてあったのだ。

「おはようございます！」

「ちーすです……」

ＨＩＲＯとリサも喫茶店に着いた。

この前のことがトラウマになっているのだろうか。

リサは、宗介のことを上目遣いで恐る恐る見ていた。

そもそも、宗介はリサのことなど呼んでいなかった。

ＨＩＲＯが素早く察した。

「ちがうんす、兄貴！　コイツ、おれより若いリスナーもってんす！　それで、ナツキちゃんとＤＭのやりとりするの、おれよりコイツの方がいいかなって思って。それで、コイツにＤＭを送らせたんです！　なっ？」

「そしたら、ナツキちゃんからコイツのところに返信がきたんす！　なっ？」

マシンガンのようにＨＩＲＯがしゃべり、リサは赤べこのように何度も頷く。

宗介は、リサを見た。

「ホットドッグのモーニングセットと、アイスコーヒーです」

店員が邪魔をする。

「おれはさ、レモンティー、オンリーにしてくれる」

と、HIRO。

「リサは、朝食べない人なの」

と、訳の分からないことを言うのは、もうひとり。つまり、リサ。

「ほんなら、なんてDMがきてん？」

改めて、宗介はリサを見た。

彼女の顔がまた瞬時に緊張する。

「電話番号聞けたっす！」

助け舟を出したHIROの言葉に、思わず腰が浮いた。

「ナツキのか！」

「お父さんに……あっ、ごめん！　陣内くんに会いたいって言ってるっす！　あっ、陣内さんっす！」

「らしいで、兄弟。今日の18時に尼崎（アマ）までくる言うて、阪急の塚口駅で待ち合わせ。もうすぐしたら、運転手も来よるわ」

HIROやリサはともかく、どうしてサトシまで皆、自分よりも先にナツキのことを知っているのか。

その瞬間、喫茶店のドアが開き、スーツでめかし込んだ巨漢が入ってきた。

「おはようさん」

なんと、平松だ。

「このおっちゃん。現行のレクサス乗ってるから、ナツキを乗せんのやったらカッコつくやろう」

サトシの言葉に苦笑いしながら、平松がテーブルについた。

「じんちゃん！ いや、宗介、ホンマすまなんだ！ 兄貴分らしいこと何ひとつしてやれんで、あげくに14年も懲役行かせてもうて、ホンマにすまなんだ！」

宗介をクビにした男が、同じ頭をまた下げている。あまりに急な展開でパニックになりそうだ。

「申し訳ない。せめて今日くらいは、ワシにもなんかさせてくれ！ それとこれ、ナツキちゃんの結婚祝い。100万しか都合つかなんだけど、今のワシの精いっぱいやねん。ナツキちゃんに渡したってくれ！」

「そんなんじゃ、足りねえよ！」

平松がビクッとした。

サトシもギクッとした。

宗介も驚いた。

自分が言ったのではない。

「なんで、お前がそれ言うねん」

ＨＩＲＯが言ったのだ。

思わず、クスリと笑ってしまった。

「すみませんっす！　でもデートコースはバッチリす！　ミナミの会員制のレストランをリサが押さえてあるっす。なっ？」

「いいじゃん、いいじゃん」

リサが力強く頷く。

「それと、なっ、あれあれあれ、あれを兄貴に伝えて、伝えて」

ＨＩＲＯがリサを促した。

「あの、リサね、結婚式ソングがバズってて。それで、ナツキちゃんの結婚式に、宗介ヴァージョンにしてプレゼントするって、ナッちゃんと約束したの」

「ほんまか⁉　ほんならナツキはなんて？」

「めっちゃくちゃ喜んでたっす！」

ＨＩＲＯが言葉を足した。

「でかした！　リサ！」

「ちょちょちょちょっっっ！　ちょっと待ってよ、兄貴！　おれだって、今日のディナー、プラチナカード切ってんすよ！　もっと、おれのことも褒めてくれよ」

「なんでタメロやねん」

「す、す、すみませんです」

皆がドッと笑った。

「ウソや、ウソや。ようやった。ユーチューブやってかまへんぞ」

「へっ？」

ＨＩＲＯのマヌケ面が、よりいっそうマヌケになった。

「だから、ユーチューブを再開させてかまへんて言うとんねん」

「よっしゃ、きた！」

「宗介、マジ最高！」

ＨＩＲＯとリサが立ち上がって、抱き合った。

そして、腕にはめたロレックスが指し示す5時45分。

阪急塚口駅の前。

それなりにカッコのつく時計とスーツは、ＨＩＲＯが用意してくれた。

レクサスはない。

「ほんまにええのか？　ナツキちゃんの前やぞ。ええカッコしたらどないや」

平松に言われたが、宗介は電車でレストランに行くと決めたのだった。

「かまわへん。もし今後どっかで、今のおれの現実を知ったら、ナツキをがっかりさせてまうやろう。最低限、気取れたらそれでええねん。かまへんから、兄貴は帰ってて」

そう言って、平松を帰らせたのだった。

また時計の針を見ようとした、その時だ。

「お父さん……」

一瞬、キヨカかと思った。

目鼻立ちすべてが、あまりに、そっくりで。

「ナツキか……」

「パパ！」

ナツキがジャンプするように抱きついてきた。

「ずっとずっと心配しててんからな！　ずっとずっと……」

それ以上は言葉にならなかった。

「すまん、ほんまにすまんかった」

宗介は力いっぱい、ナツキを抱きしめた。

それから、ふたりは阪急電車に乗って、HIROとリサが用意してくれたミナミのレストランへ向かった。

揺れる車内。

まだナツキが3歳くらいだったろうか。

ふたりでこうやって阪急電車に乗り、甲子園球場まで野球観戦に行った。

そんなことを思い出していた。

「パパ、覚えてる？　ナツキがまだ小さかったとき、甲子園球場に連れて行ってくれたの。テレビなんかで野球をみると、いつもあのときのことを思い出すねん」

ナツキも同じことを考えていたのだ。

44歳、無職で独身。

実家暮らしの、刑務所帰りの宗介が社会に溶け込むためには、まだまだ時間がかかるだろう。嫌なことも、絶望して死にたくなることもあるだろう。

けれど、シャバの暮らしも決して悪くない。

カイトのことや、キヨカのこと。

ナツキに聞きたいことは、山ほどあった。

でも今は、こうしてナツキといられるだけで幸せだった。

帰って、ナツキと会ったことを話せば、悦子もきっと喜ぶはずだ。

宗介はそんなことを考えていたのだった。

＊

10年前――。

「ブラジルよりも熱い。ほんま熱中症なってまうど～」

うちわを激しくパタパタさせながら、独り言を呟いていると、気心の知れた刑務官が、食器口の小窓から顔を覗かせた。

「おい、陣内。廊下まで独り言が聞こえとんど。そろそろ壁に向かって、おれは無実や、おれは無実やって、ボソボソと言い始めるんとちゃうやろな」

冷やかして、ヤニで黄ばんだ歯を見せる。

刑務所のなかでもケンカばかりしていた宗介は、独居暮らしを余儀なくされていた。

俗に言う、処遇上。

独居拘禁にされてしまうと、工場に配役されることなく、3畳1間の剝き出し便所で、他の受刑者と接触することもないまま日がな1日、孤独な無言劇を延々と演じ続けることになる。

テレビなどは工場に配役されている者しか見ることができないので、他の囚人がテレビを見ている時間帯は、房内のさびれたスピーカーから、ラジオが流れる。おかげで、シャバにいるときより、流行歌には詳しくなった。

夏季処遇に入るとうちわが貸与され、午後6時からの余暇時間は、房内でのランニングシャツとパンツ一丁姿も許可された。工場に出役できている場合は、雑居房で扇風機の恩恵に浴することができる。

「人格崩壊したら、逆に楽なれんとちゃうんかい。刑務官、そんなことより、タバコでも1本くれや」

宗介は、冗談を飛ばした。

刑務官が受刑者にこっそりタバコを渡したり、酒を渡したりしていたのは、もう何十年も昔の話だ。

「アホか。そんなことしてめくれてみ。一発でクビになって、退職金も吹き飛んで、家庭も崩壊じゃ」

「ほんなら、おれらの世界に仲間入りやんけ。おれが兄弟分になったるわ」

こんな会話でさえ、誰とも話すことのできない生活では気分転換になる。

「いらんわい。そんなことより、お前、まだ10年から刑期残っとんやろう。引き取ってくれる工場ないってこの先、大変やど。もうヤクザはやらんと、このままカタギになるんやろう？」

「当たり前じゃ、ヤクザなんかもう2度とやるかい」

「それやったらお前、出所したら仕事せなならんねんど。刑務所ですら仕事先決まらんのに、シャバやってみ。働くの、もっと大変やぞ」

そのとき、宗介は鼻で笑ったのだった。

「オヤジ、ヤクザの修行をナメたらあかんで。ヤクザや刑務所の長期刑(ロング)に比べたら、シャバで働くなんて余裕(マンガ)やがな」

それから10年後の夏、まさに今――。

全くもってシャバは厳しく、余裕でも、マンガでもないと分かった。

とても良かったこと。
ナツキに会えたこと。
今のところ、悦子をガッカリさせていないこと。
サトシも、ＨＩＲＯも変わっていなかったこと。
リサ……？
まあ、悪くなかったこと。
平松。
悪いこと。
仕事がない。
とにかくナツキに良いところを見せたい。
どうにかして、カイトに会いたい。
そのためには、真っ当な仕事をがんばるしかないが、その仕事がない。
ただのムショ帰り。
手に何の職も経験もない、ただのムショ帰り。
履歴書に、なんと書く？
ヤクザと刑務所での修行経験あり。

ようするにそんなものは、シャバで屁の突っ張りにもならないのだ。

平松クロスもクビになってしまった。

じつはまだ悦子に話していないので、毎朝、弁当を持って家を出ている。

宗介は、隣町の公園の外周を歩き回っていた。

もう弁当も食い終わってしまい、暇だ。

最初はベンチに座っていたが、保育園の子どもらがやってきたので移動した。

何十人もの子どもらが遊ぶさまを眺めると、心が落ち着く。

ナツキやカイトの幼い頃を思い出す。

というより、宗介は幼い頃の彼らしか知らない。

14年ぶりに会ったナツキは、信じられないほど成長して、大人になっていた。昔のキヨカにそっくりなのは気になるが、自分の外見に似るよりは良かったかもしれない。つらつら考えていると、保母さんたちの視線が刺さった。

ひょっとして、おれは不審者と思われているのか。

平日の昼間、公園のベンチに座ったまま動かない男。

小さな子どもらがはしゃいでいる様子をじっと見つめる中年。

宗介はいたたまれなくなり、外周を歩き回ることにした。

「だから、ザルだって。ホント、誰でもやってんよ。速攻、100万から。大丈夫、大丈夫、あれだから。誰かの金じゃなくて、国の金だから。国の補助金っていうの、貧乏な奴らを助けようって、そういうのだから、ぜんぜん余裕っしょ。

マジ、誰かいね？　キャバの姉ちゃんで申請したいって子？　ネイリストでもなんでも、こっちで台帳作っちゃうからさ」

半グレと呼ばれる兄ちゃんだろうか。

前方に注意を払わず、道の真ん中を歩いてくる。

分かっていても、宗介は避けなかった。

「痛てっ！」

互いの肩がぶつかった。

何も言わずに通り過ぎる。

「待てこらっ、テメっ！　どこ見て歩ってんだ！　いってえ、肩外れちまったじゃねえか！　救急車呼べよ。それか、治療費、ほらほら」

年の頃は30歳前後か。

短い金髪に、黒のタンクトップ。鍛え上げられた体軀には、両腕から延びる龍のタトゥーがあしらわれていた。

しかし、器用なやつだ。

宗介は歩きながら携帯電話で話すことにも慣れないというのに、この兄ちゃんは携帯電話で何やら詐欺まがいの会話をしながらも、他人に肩をぶつけ、瞬時に恐喝までしてやろうというのだから。

「おいっ、どチビ。お前、誰に口きいてんねん。そもそもなんでお前、尼崎(アマ)で標準語やねん。無理すんな、っていうか、不良が身体なんか鍛えんな。不良は不良らしく、喋(アゴ)りとハッタリで、世間を渡っていかんかい」

宗介も、まだまだアゴだけは現役だった。

「なんだ？　オッサン。ちょっと後で折り返すわ」

半グレの兄ちゃんは携帯電話を切った後、宗介に向き直った。

救急車は呼ばなくてもよさそうだ。

「おれがオッサンかい……おもろいやんけ。救急車の代わりに、自分でパトカー呼んだりすんなよ」

「んだと！　って、あれっ？　もしかして」

兄ちゃんの顔が、みるみるうちに驚きの表情に変わった。

「もしかして……もしかして、陣内さんっすか？」

今度は、宗介が驚いた。

兄ちゃんの顔に、まったく思い当たるフシがない。

だが、この兄ちゃんは、どうやら自分のことを知っているようだ。

「誰やねん？　オレオレ詐欺の半グレに、知り合いなんかいてへんぞ」

「やっぱり、陣内さんっすよね。おれっすよ、シゲっす。昔、拘置所で同じ房だったシゲっすよ！」

14年前。

拘置所の雑居房で、宗介になついていたシゲであった。

「いやマジ、ちょっと待ってくださいよ。出てきたんすか。っていうか、何で作業服なんか着てんすか！　っていうか、なんであの時、いきなり独居に転房していったんすか！　あの後、おれ、マジ地獄だったんすからね、っていうか」

「ま、ちょっと色々あってな」

宗介は、これまでの経緯をかいつまんでシゲに伝えた。

一方、シゲはあの後、宗介が突然いなくなったことで、同房の人間たちからイジメられたため、自ら懲罰を受けることで転房する自爆を図り、解罰後に新たな雑居房で、尼崎出身の人間と仲良くなったのだという。

そして出所後にもその同じ者を頼り、尼崎に住みついたそうだ。

「だったら、今、就職活動中なんすか。っていうか、それよりも、あのリサやHIROと知り合いって、マジすげえ。リサなんて、バリバリバズってますよ！　マジ会いてえ、っていうか、陣内さん、ウチでよかったら仕事ありますよ！」

「仕事って、お前、どうせ詐欺とかやろう？　さっきも言うたけど、おれは、ようやっと娘に会えてん。オカンも歳やしな。もうこれ以上は、さすがに親不孝できんからな。そんなんは、ええわ」

　シゲが大爆笑した。

「なに言ってんすか、陣内さん。あんなの、ただの小遣い稼ぎっすよ。たまたま今日は仕事が休みなだけで、普段はトラックの配送っす。普通にコピー機を運ぶ仕事やってんです」

　どうやら、シゲも基本的にはカタギになったらしい。

「3人1組で回る仕事なんすけどね。ちょうどウチの号車、先週、ひとり辞めちゃってて。欠員が出たんで、人探してたんす。日給8500円スタートですけど、それでよかったら、明日からでも一緒に働けますよ。安いですけど、自分、けっこう顔なんで、融通もきかせれるっす！」

感動のあまり、宗介はシゲの両手を思わず握りしめた。

「シゲちゃん！」

やはり、持つべきものは類の友。

一瞬にして仕事が内定してしまった。

刑務所のなかでもケンカばかりで、工場の働き先すらなくしてしまっていたというのに、なお厳しいこのシャバで、シゲとの偶然の再会だけで、いともたやすく働き口が決まってしまったのだ。

宗介は全身にやる気をみなぎらせた。

悦子も、これで安心するだろう。

すこし金が溜まったら、ナツキに何か買ってやろう。

日当８５００円、上等ではないか。

第5章　名乗るほどの者

「お疲れした！　明日は7時10分でお願いします」

シゲが頭を下げる。

「おうっ！　今日もありがとうな。明日も頼むわ、お疲れっ。気ぃつけて帰れよ」

宗介は、右手を上げた。

まだ3日目だが、働き口が決まり、ただ額に汗するだけで、こんなに充実するものかと思うほど、気持ちが潑剌（はつらつ）としていた。

平松のところのクロス屋で働いていたときも、額に汗していたのは間違いない。ただ相手が相手だけに、そして働き始めた事情が事情だけに、強引さが端々で否めなかったのも事実だった。

平松以外には、宗介に話しかける者は誰もいなかった。そして、その平松ですら、どうにも気を遣って宗介に接していたのだから。

その点、シゲと回る配送の仕事はちがった。人間関係がすこぶる良好で、シゲは毎朝、車で家まで迎えにきてくれる。

この会社の従業員は30人ほどだったが、いざ配送に出れば、トラックにはシゲを含めて3人しか乗っていない。これをスリーマンという。責任者のシゲはハンドルを握っており、もうひとりは宗介。

それから、しょうぞう。

シゲの舎弟のような21歳。

その若さゆえだろうか。しょうぞうは、宗介を怖がらない。

「懲役で14年って、マジ痺(しび)れるっすよね。自分は鑑別所(カンベ)しか行ったことないんすけど、ツレが少年院(ネンショウ)に何人か行っていて。それでも、最高で1年半すよ」

屈託なく言ってくれるのが、宗介には嬉しい。

「それが14年ってね。もう、ボスって呼ばせてもらってもいいっすか」

宗介に対して、ある種の尊敬にも似た好奇心を持っていたりするのだ。


「まあ、そんなんで、順調にやっとるよ」

ビールをあおりながら、宗介が報告した。

「まあでも、あんたね。あんまり、昔の話ばっかりせんようにね」

カレーとサラダ、大量のらっきょうを前に、悦子が言った。

いさめる口調とは裏腹に嬉しそうな表情をしているが、まだ、バカ息子は気づいていない。

「分かっとる、分かっとる」

1日働いて、風呂で汗を流し、美味い晩飯に取り掛かろうというのに、オカンは褒め言葉の前に、冷や水を浴びせてくる。

しかし、それが母親というものなのかもしれない。

宗介の認識はこの程度だったが、昔よりはいくぶんマシだ。

昔なら、現役の頃なら、黙って席を立って「ごちそうさん」もなしに飲み屋へ出かけていたことだろう。

「らっきょうは身体にええし、熱中症になりにくなるから、ちゃんと食べえよ」

このところ、毎日のように聞かされる悦子のセリフにフムフムと頷いて、宗介はカレーライスを頬張った。悦子のカレーライスは安心して、なんの躊躇(ためら)いもなく口にすることができるが、刑務所のなかではちがったのだ。

カレーはコッペパン同様に、どこの刑務所でも週に1回は出る人気メニュー。大阪刑務所では、パンは毎週土曜日の昼食。ぜんざいとクリームシチューのローテーションで出され、カレーは日曜の昼に決まって出された。

お椀に注がれるカレーを見て、懲役たちは子どものようにはしゃぐ。

「おっ、当たりや！　ドロドロで具だくさんやがな」

「チッ、ハズレ。シャバシャバでスープやないか。具もうっすい、うっすい」

こんな具合に毎週、一喜一憂するのが日常だ。

刑務所の食事は、炊場と呼ばれる部署に配役された同じ懲役が作っているが、その時、その時によって、微妙に味が異なる。こればかりは、刑務官に文句を言ったところでどうしようもないのである。

炊場に配役される懲役は、図書係に配役される懲役に次ぐエリート。他には経理工場と呼ばれる洗濯、営繕、内装などに配役され、無事故で務めていれば、素行良好ということで仮釈放も断然多くもらえる。

一般の懲役は、おおむね生産工場と呼ばれる一般工場に配役され、作業は配役された工場によってさまざま。洋裁工場もあれば、木工工場もある。ヤクザ者が多い金属工場に、老人やすこし能力の遅れた者が集う単純作業のモタ工など。使えないやつ、モタモタしているやつでもできる単純作業なので、モタ工だ。

宗介のようにケンカを繰り返して懲罰ばかりに座っていると、次第に配役先の工場がなくなってしまい、ついには処遇上といわれる独居拘禁になってしまう。

そうなってしまうと、他の懲役と話す機会もなくなり、独居房で朝から夕方まで内職のような作業をさせられるのみ。支払われる報奨金（給料）も、1カ月で約850円ほどになってしまい、働かざる者・食うべからずの法則により、麦飯の量も一番少ないC食になってしまうのである。

ただ、宗介が塀のなかのカレーに対して抱えていた問題は、量や味ではなかった。その問題はカレーに限らず、皆が喜んで食べていたクリームシチューにも通じていた。彼は喜んでらっきょうをかじる一方、カレーやクリームシチューに必ず入っている玉ねぎを心の底から憎んでいたのだ。

そのため、塀のなかでは無防備にがっつけない。口に運ぶ前には、スプーンの真ん中から端っこまで注意深く確認して、万が一にも玉ねぎが絡まりついていないか警戒しながら、食べなければならなかった。

玉ねぎは値段が安く、栄養価が高い。つまり食材の優等生なので、刑務所の食生活にしばしば顔を出す。だが、宗介には関係ない。

おれは、玉ねぎが大っ嫌いなのだ。

言うのも暴れるのも自由だが、個人的な事情が関係ないのは、刑務官の側も同じである。

塀のなかは、ただでさえ粗食だ。

宗介にとっては死活問題なので、彼は何度となく法務大臣に情願（じょうがん）の手紙を書いた。声を荒らげて、玉ねぎの入っていない特別食を要求し、刑務所サイドとやりあった。ついでに独居でもテレビを見せろと要求したのが悪かったのか。出所まで、玉ねぎは出され続け、テレビは設置されなかった。

それに比べれば、悦子の料理は法務大臣にいちいち情願を書かずとも、ハナから特別食である。そういえば、キヨカとナツキとカイトと暮らしていた頃は、キヨカが特別食を作ってくれていた。

「もう、宗ちゃん、はやく玉ねぎ食べられるようになってや！　ナツキとカイトの栄養にも悪いねんからね」

キヨカからよく言われたが、当時の食卓に玉ねぎが上がることはなかった。

そんなことをふと思い出すと、しんみりしてしまう。

「どうしたん？　全然、進んでへんやないの。疲れとるんか？　大丈夫？　お腹いっぱいなんか？」

悦子の声で、我に返った。

「いや、ううん、ちゃう、ちょっとな。うわっ、バリうまい。やっぱりオカンのカレーはバリうまいわ」

カレーライスを見て、すこしセンチな気分に陥ってしまっていたが、宗介は続けざまにスプーンを口に運んだ。

そして腹がいっぱいになると、眠たくなった。

いや、そうではなく、夜の9時に近づいたからだった。

刑務所の就寝時刻は、シャバなら相当早い。

今どきは、小学生だって起きている時間帯だろう。

しかし、塀のなかでは午後9時に消灯。雑居房でも私語や雑談は禁じられ、水を打ったような静寂がやってくる。あとは、冷たい廊下をコツコツコツッと刻みつけるように巡回する刑務官の官靴の足音がするだけだ。

その後、ふたたび刑務所全体が息を吹き返すのは、起床となる午前6時30分。刑務官の「はい！　起床！」の怒鳴り声とともに、房内のスピーカーから場違いに明るいメロディが流れてくる。それまでは何が起ころうと、誰かに起こされることはない。

カレーを平らげた宗介は、食器も何もテーブルに置き去りにして、倒れるように布団に寝転んだ。そして、すぐに寝た。

起きたのは朝の6時30分ではなく、午前2時。

塀のなかの夜は、静かだった。

そのため、起床のメロディが鳴れば、ただちに目が覚めるクセがつく。そのクセは、次第にメロディとは関係なく、ただ音が鳴れば目が覚めるクセに変わっていく。

「やばっ！」

慌てて起きた宗介は、スマホを確認した。

「なんやねん、まだ夜中の2時やないかい。焦ったわ」

畳の上に放り出したスマホがチカチカと光っている。

「いったい誰やねん」

それは、またしてもHIROだった。

荒々しく、発信ボタンをタップする。

「なんじゃい、お前。いま何時や思っとんねん！」

ちなみに、先日のことはもう怒っていない。

ナツキからDMが届いたという、段違いに嬉しい報せだったからだ。

今回はどうか。

「兄貴……けて」

電話の向こうからは切迫した、しかし弱々しくて情けない声が返ってきた。

「助けて、兄貴」

「どないしてん？」

……ユーチューブのぼったくり企画で……ガールズバーに潜入したら。

HIROの声を、別の罵声がさえぎった。

……誰がぼったくりだよ！　おうっ！　こらっ。

……テメっ！　こらっ！　ナメんじゃねえよっ！

……この野郎！　1回死んでくるかっ。

宗介は、思わず爆笑してしまった。

HIROは、本当に笑わせてくれる。

察するに、ユーチューブの企画でぼったくりバーに潜入。こっそり動画を撮影していると店側にバレて、ケツモチの連中に囲まれてしまったのだろう。

死んでしまえと思いながら、宗介は終了ボタンをタップしかけた。

そのとき……すんませんな……鼓膜に雪崩れこんできた。

HIROとはちがったドスの利いた関西弁。

……オタク、このボンクラの兄貴分かなんかですの？

思わずイラッとして、アイフォンを持ち直して、耳にあてた。

「なんや、えらい凄み利かせて。お前、誰やねん」

……はっ？　お前っ？　お前って、おれに言うてますのっ？　誰とか、そんなんよろしいやん。あんたこそ誰ですの？

「こら、ゴミ！　このおれに、イッチョマエに質問を質問で返すな。おいこら、言うとくど。あんまりグズグズ抜かしてたら、お前、電話切らさんど」

もはや死ぬまで、カッとなる癖はなおらないのかもしれない。

宗介は、呼吸のタイミングさえ忘れたかのようにまくしたてた。

「おれは寝てたんや、おう、それでＨＩＲＯから電話がかかってきて、切ろうとしたら、お前がしゃしゃって電話に出てきたわの。これ、お前、話変わってんの分かるか？　もう、ＨＩＲＯとお前ら店の話ちゃうようなってんねんど。おれとお前の話になっとんねん。お前、何歳や？」

……38歳ですわ。

しばしの沈黙。

先方は、得体の知れない相手にすっかり怖気づいたようで、か細い声になってしまった。

「38歳か、チビ、よう聞けよ。そこおるボンクラ、２度とその店に出入りさせん。動画も上げささん。その代わり、正規の飲み食いだけの料金でガラを離したれ」

ここまでは、誰でも言える。

宗介のアゴが輝くのは、その先だ。

「それができへん言うんやったら、おれがそのボンクラのガラをな、わざわざ睡眠時間を削って、ガソリンを焚いて取りに行くことなるけど、その時は、正規でおれの日当が発生してくんど。先に料金システムを説明しとったるけど、お前のところがどんだけぼったくりか知らんけど、おれは新地のクラブの姉ちゃんより高いぞ」

本当は、日当８５００円である。

「それでもボクは、おれを指名すんのかい？」

いつの間にか電話の向こうの騒音は消えていた。

周りで電話のやりとりを窺っていた向こうの連中も、雲行きが怪しくなったことを悟ったのだろう。

……分かりました。たしかに兄さんの睡眠を邪魔したのは、自分です。１万ぽっきりでサービスさせていただきます。お名前だけ頂戴してもよろしいでしょうか？

「気にすんな。名乗るほどのもんちゃうわいっ」

それだけ言うと、宗介は会話の終了ボタンをタップした。

名乗るほどのもん。

相手ががっかりしてしまうほど、本当に名乗るほどの者ではなかった。

昔なら……。

10分後、またHIROから着信があった。

「兄貴！　やっぱ、マジ最高す！　やっぱ兄貴はちげえよな」

「やかましわ！　お前、まだ尼崎にいてたんかいっ」

「へっ？　何言ってんの？　今？　尼崎なんていてるわけないっしょ。地元でそんなことやるわけないじゃん。歌舞伎町だよ、新宿の。っていうかさ、今日の動画、ちゃんと兄貴の声変えっからさ、ユーチューブ上げちゃっていい？」

HIROは、まったく懲りていないようであった。

やはり、すぐに電話を叩き切った方がよかったのかもしれない。

「あんなあ、お前、なんでいつも、すぐタメロなんねん。動画上げたかったら、どうなるか、いっぺん上げてみんかい。その代わりコラボ料金は、さっきのバーより高いど」

「すみませんでした。やめときます」

電話を切ると、時刻は午前2時半を回っていた。

「明日も仕事やのに、アホどもと遊んでる暇ないわ。はよ寝な」

宗介は、ふたたび布団のなかに潜り込んだのだった。

*

「アッハハハ、HIRO、最高じゃないっすか！　マジ会いてえ。リサはいなかったんですか？　マジ、おれ、リサがタイプなんすよ。でもHIROでもいいっす、1回、会わせてくださいよ」

翌日の仕事中、トラックの車内。

ハンドルを握るシゲに、昨晩のやり取りを話して聞かせると大爆笑した。

「うそやろ、なんでやねん。HIROなんて最低やんけっ。あんなもんに会ってどないすんねん」

シゲの横。

宗介とシゲに囲まれるようにして、中央に座るしょうぞうも目を輝かせている。

「まあでも、そういうむちゃくちゃがユーチューブ精神ってやつじゃないんすか。あっ、あぶねっ！　なんだコイツっ」

白いポルシェだ。

突然、後方からクラクションを浴びせかけながら、追い抜こうと横並びに。

「この野郎っ！」

シゲが叫び、アクセルをベタ踏みする。

3人の視線が、同時にポルシェに向けられる。

助手席には女が座っている。

運転席の男は、こちらに向かって、何やら車内で喚き散らしているようだった。

ポルシェが、さらに加速。

強引にトラックを追い越して前に出ると、ハザードを点けて、急ブレーキを踏んでみせた。

「あぶねっ」

シゲも急ブレーキを踏んで、クラクションを浴びせる。

「くらっ！　誰にむかって煽り運転してんねん！」

シゲにつられたかのように、しょうぞうも怒鳴り声を上げている。

「おい、しょうぞう。お前、ちゃんと相手見たか？　ひょっとして、ヤクザが降りてくるかもしれんぞ」

宗介が冗談めかして言うと、しょうぞうだけなく、シゲの顔まで強張った。

ポルシェから意気揚々と降りてきたのは、サングラスをした、小金持ちそうなガタイのよい兄ちゃん。助手席からは、アイフォンをかざして動画を撮りながら、姉ちゃんが降りてきた。

「あれもユーチューバーかな」

「陣内さん、絶対ちがうっしょ。完全、煽り運転っしょ」

応えるシゲ。

宗介は「へぇ」と言いながら、勢いよくこちらのトラックに向かってくる兄ちゃんを見ていた。

シゲはこんなとき、どういった対応を見せるのか。

下世話な興味もあった。

「こらっ、カス！　誰を煽っとんねん。トラックひっくり返してまうど！」

宗介は思わず、両手で顔を覆った。

なんで、こっちなのだ。

なんで運転席やのうて、助手席にくんねん。

普通、どう考えても運転席に行くやろが、と思いながら窓を開けた。

「おう、こら！」

いきる兄ちゃん。

「なんて？」

「なんてちゃうわいっ！　おれが誰か知っとんかいっ！　誰を煽っとんねん言うとんねん！　降りてこんかい、ヨゴレ！」

「煽り運転は禁止ですよ！」

兄ちゃんの斜め後方から、動画を撮り続けていた姉ちゃんが尖った声で、宗介に言った。

「陣内さん……」

シゲはすっかり、兄ちゃんの威圧に飲み込まれてしまったようだ。しょうぞうも同じように、向かってきた兄ちゃんではなく、宗介の方を見ていた。

やれやれ。

そんなふたりを横目に、宗介は上着を脱いだ。

「なんて？」

瞬時に、兄ちゃんの表情が変わった。

「いえ……」

言葉を失い、手首まで入った刺青をマジマジと見ている。

「おい、兄ちゃん、なんて？」

もう1度、強めに言う。

「なんて言ってんだって聞いてんだよ！」

「おい！　動画撮んな、ブス！」

形勢が逆転したのを素早く察知したシゲが怒鳴り、それを見たしょうぞうが、マスクの姉ちゃんに向かって怒鳴った。

まったく、ゲンキンなものだ。

「いや……あの……その」

たじろぐ兄ちゃんに対して、宗介は気怠い喋り方をした。

こんな野郎を脅しても、なにもない。

おれは、カタギになったのだ。

「兄ちゃん、のう、トラックやからってナメとったらあかんど。日当8500円でもな、真面目に一所懸命、額に汗して働いてる人がいてはんねん。たとえ、嫁さん子どもに逃げられたとしてもや」

宗介はなにやら、自分が映画の主人公にでもなったような気がした。

悪くて、強かった、若かりし頃の主人公。

今は同じように強いのに、それを見せないように振舞う優しい中年の主人公。

気持ちいい。

ああ、気持ちいい。なんだこれ。

「お前にそうした人の……」

他人に説教をたれるほど気持ちのいいことはない。

「陣内さん！　陣内さん！」

シゲが割り込んできた。

「んっ？　どうしてん。今から、ええところやないか。おれと娘との再会の話を聞かせてやろうかと」

「陣内さん、後ろから、バンバン、クラクションを鳴らされてるっす」

気づけば、道路を塞いだポルシェとトラックによって交通渋滞が生まれ、後続車がクラクションを鳴らしまくっていた。

「やかましわいっ！　今からがええとこなんじゃ！　ちょっと待ったらんかいっ」

窓から半身を乗り出し、宗介は後ろに向かって叫んだ。

それから、得意げにしょうぞうをチラ見して、「でな、どこまで言ったたっけ？」。

「嫁さんと子どもに逃げられた８５００円の人の気持ちが分かるかってところまでです。あいてっ！」

シゲが、しょうぞうの頭を叩いた。

「陣内さん。もう、ポルシェ行っちゃったっす」

前方、はるか彼方にポルシェのテールランプが小さく見えた。

「シゲ！　ぶっ飛ばして追いかけんかい！」

トラックが動き出し、渋滞は解消に向かった。

「クソガキが。もっぺん止めて、今度はクレカまでしぼり上げたろかい」

だが、シゲはアクセルを踏みすぎることなく、ポルシェも追わずに、目についたコンビニの駐車場に入った。

「なんや？　シゲ、どうした」

ひょっとして、おれはこれから叱られるのだろうか。

宗介は、ふと思った。

たしかに、拘置所ではおれが格上だったが、シャバではこいつが先輩。スリーマンのリーダーだ。

それから恐怖心がやってきた。

叱られるどころか、クビか。

もうクビなのか？

「シゲ……」

　せっかく、ありついた仕事なのに。

　シゲ、そればっかりは。

「すみません、陣内さん……」

　クビは嫌だ。

「いや、シゲ、ちがっ」

「さっきは、すみませんでした！」

「へっ？」

　シゲとしょうぞうが、いきなり同時に頭を下げた。

「自分が真っ先に降りて、カマしに行かなくちゃならなかったのに」

　と、シゲ。

「ついつい、出遅れてしまって」

　とは、しょうぞう。

「まったくガッカリやで、お前らには」

　またしても、気持ちがよくなってしまった宗介。

　うなだれる、ふたり。

「ウソや、ウソやっ。でもあのグラサン、まさかおれの方に来るって思わんかったでな。普通、どう考えても運転席に行くやろ」

宗介は笑い飛ばした。

「そうっすよね！　自分も、もし来たらやってやろうって思ってたんすよ」

調子づく、シゲ。

「ウソつけ、青ざめて下向いてたやないか」

３人同時に噴き出した。

「お前は笑わなくていいんだよっ」

「いてっ！」

シゲが、しょうぞうの頭を引っ叩いた。

宗介はまた笑った。

「ところで陣内さん、今日の昼飯、コンビニですよね？」

「そうやで。あっ、もう、ここで食うてしまおうか。いま買いにいこうや」

３人はトラックを降りた。

幹線道路沿いのコンビニの駐車場はだだっ広く、ベンチが置かれた休憩用のスペースもあった。

平松クロスで働いていたときは毎朝、悦子が弁当をつくってくれていたが、配送の仕事を始めてからは——シゲもしょうぞうも昼をコンビニで済ませていたので——宗介も合わせるようにしたのだ。

切り出したとき、悦子はすこし寂しそうな様子だったが、その実、毎日はさすがに面倒という気持ちもないではなかっただろう。

「あの、ウチの嫁が陣内さんに弁当作ったんす。よかったら食べてください！」

突然、シゲがリュックの中から風呂敷につつまれた弁当を取り出して、宗介に手渡してきた。

「ええの？　っていうか、シゲって嫁さんいてたん？　ぜんぜん知らんかった。ムショ帰りのくせに」

シゲが笑った。

「嫁さんぐらいいますよ。だいたい刑務所から出てきて、もう自分、8年ですよ。子どもも来年、小学生っす」

「そうなんか。よかったでな」

言いながら、風呂敷を開けた宗介は目を丸くした。

重箱のフタの下には、輝くような赤飯。

半分に仕切られた右側には、色とりどりのおかずがぎっしりつめこまれているではないか。

「すげえ、なんか、ムショの運動会を思い出すな。炭酸買おう、炭酸、炭酸」

1年に1度、10月に開催される刑務所の運動会では、折に入った弁当をグラウンドで食べることができた。最近になってようやく、水分補給のためにポカリスエットや炭酸を飲む機会が増えたが、昔は年に1度。この運動会の時にしか、炭酸を飲める機会などなかったのである。

「はっはっは。陣内さん、褒めてもらって嬉しいですけど。それ、なかなか嫁に言えないですよ」

シゲが微妙な顔で笑った。

「陣内さんいいなあ、シゲさん、おれのは……」

いかにも物欲しげに、しょうぞうが陣内の弁当を見つめている。

「お前には、まだ早い」

と言いながら、シゲはもうひとつ、陣内の重箱の半分ほどのサイズの四角いランチボックスを取り出して、見せた。

「でも、ちょっとだけやるよ」

「ほんまですか！」

きちんと、しょうぞうの分も用意されていたのである。

「嫁さんにくれぐれも、お礼言うといてくれよ」

コンビニの駐車場で、宗介は両手を合わせたのだった。


ちーっす、宗介！　リサからおうちに帰ったら、サプライズがあるかもよ！

いいじゃん！　いいじゃん！😁

仕事の帰り、リサからラインが届いた。

サプライズよりも、タメロの文言が無性にひっかかった。

「そもそも宗介って、なんで呼び捨てやねん」

いつものように、シゲに家まで送ってもらう。

「オカン、かえったで。ただいま」

「おかえり」、「おかえり」。

居間の方でふたりの声が重なり、悦子とナツキが出てきた。

「パパ！　おかえり」

「ナツキっ！　どうしてん！　なんで、ここが分かってん？」

「リサちゃんがＨＩＲＯくんに聞いてくれてん。それで昼過ぎに来て、今まで、ずっとばあちゃんと喋っててん」

ヤクザであれカタギの者であれ、ひとたび誰かを殺めれば、シャバに残された身内や親族が、これまでの暮らしを続けることは難しくなる。

たいていは近所づきあいを捨て、友人知人を捨て、慣れ親しんだ場所を捨て、見知らぬ土地へ引っ越す。それが、人が人を殺すということだった。悦子も例外ではない。宗介がヒットマンとして敵方の組長を弾き、それが大々的にマスコミで報じられると、実家を引き払う羽目になった。

そしてほどなく、塀のなかの宗介とシャバのキヨカが離婚したため、ナツキもカイトも、陣内家の新たな実家を訪れることも知ることもなく、14年もの月日が流れていたのである。

気が利くやないか。

宗介は、リサを見直す気になった。

あるいは、もしかすると、ぼったくりバーでとっ捕まえられていたＨＩＲＯの、お礼の計らいなのかもしれないとも思った。

「あんたから、ナッちゃんの写真みせてもうてたけど、最初、いきなりナッちゃんが来た時、キヨちゃんか思ってびっくりしたわ！」

嬉しそうに悦子が言った。

＊

「ウソっ」

「ほんまやって！」

14年ぶりに、祖母と孫娘が相席した夕食の最中、ナツキが驚きの言葉を口にした。

「カイくん、あんたより凄いやないの」

悦子が両手を叩いて、目を剝いた。

「いや、オカン、おれだって真面目にやってりゃ……」

わが息子とはいえ、刑務所のソフトボール大会で刑務官から、「ほう、陣内。お前なかなかうまいやないかっ」と言われるレベルの父と比較されたら、たまったものではないだろう。

「でも、1回戦の相手、強いらしいねん。せっかくの甲子園やけど、1試合だけで終わりかもしれんって」

幼い頃、宗介は野球に熱中した。

中学生の段階で道を外れてしまい、バットの代わりにシンナーを握っていたので、野球人生はそこまでだったが、もしあのまま野球を続けていればと考えたことは、苦い人生への言い訳を含め、1度や2度ではなかった。単純に、自信もあった。

だが、ナツキが言うには、カイトはそんなレベルではないらしい。

たしかに、甲子園出場校のスターティングメンバーとは。

「プロ、いけそうなんか⁈」

「パパ、パパ、それはないわ。レギュラーらしいけど、カイも自分でそこまでじゃないって言うてるし」

「でも、ナッちゃん。甲子園に行ける高校の野球部でレギュラーって、それだけでも凄いねんで！」

悦子はいつになく饒舌だ。

宗介が懲役に行ったとき、カイトはまだ4歳だった。

だから、キャッチボールすら一緒にしたことがない。

カイトに物心がついたときには、もう宗介はシャバにいなかった。

なんとなくぐらいは、父親のことを覚えているかもしれないが、そうといっても、うろ覚えだろう。

宗介には、宗介なりの理屈があった。

チャカを握ったのは、どこかでそれが男の道だと思っていたからだ。

たとえ、その後に組の政治で処分されようとも、自分が選んだ道。

自分で賭けたことだから、仕方ないとも思っていた。

ただ、今なら分かる。

ヤクザであると同時に、あのとき、自分はふたりの子どもたちの父親だったのだ。

そこに信念があろうが、なかろうが、不法な行為で手にした5000万で家族を楽にさせようとする考えは、世間から見れば金銭目的の強盗と何ら変わりない。

その時点で、キヨカが言っていた通り、宗介には父親としての自覚が欠けていた。

「でもパパ！　カイなあ、バリバリ顔はいけてんで！　ほんで、むっちゃモテてんで。これ見てん！」

ナツキが、自分のアイフォンを差し出してきた。

「昔のあんたに、よう似てるわ」

もうすでに、悦子は写メを見せてもらったのだろう。

アイフォンに映し出されたカイト。

もう、宗介の記憶に残っていた息子の姿は、そこにはなかった。

やんちゃで、甘えん坊で、泣き虫だったあの頃のカイトがこんなに大きくなっていたのか。

たしかに自分にも似てる気がするし、キョカの面影もしっかりと宿している。

思わず込み上げてくるものがあったが、宗介はグッと堪えた。

「ほんまやでな。大きなったでな。この顔やったら、たしかにようモテるやろう」

気持ちを悟られぬよう、軽く言う。

「モテるけど、性格、難ありやねん。超わがままやねん。ナツキの言うことなんて、全くきかへんねんで」

それは、おれの血だろう。

「でもパパがいなくなった時、ナツキよりカイトが泣いて泣いて、ほんまに大変やってんで」

それを言われたら、おしまいだ。

アイフォンを持つ宗介の手はワナワナと震え、やはり涙を零してしまった。

「パパ、またラインするね！　バイバイ！」

人生で片手で数えられるぐらいの素晴らしい夜は、あっという間に終わってしまった。

最寄り駅。

大きく手を振るナツキに、ただ「お腹、冷やさんようにせえよっ！」と言ったのだった。

それから、眠れない夜が始まった。

「あっそうや！　リサにラインしとかな。今日はありがとうな……と」

スマホの文字を打つのに、つい口に出してしまう。

着信音。

すぐに、リサから返信がきた。

　　宗介😊女の子にLINEを送る時は、スタンプつけろｗ

いつの間にか、タメ口どころか、上から目線になっている。

「誰に言うてんねん、っていうか、この最後のｗってなんやねん。そういえば、ナツキからのラインにもようｗって入ってるよな。なんかお疲れ的な意味なんか……

ちがうな、お疲れは乙やもんな、何やろな」

独り言が多いのは、長い独居暮らしの後遺症なのかもしれない。

アイフォンの画面を開き、ユーチューブをタップした。

「はいどうも！　元極道のＨＩＲＯです！　今日はなんとなんと、元極道というおれの実態を隠して、ぼったくりバーに潜入してやりました！　てめーら、マジリアルな裏社会をしっかり拝んでおくれやしっ」

「何がおくれやしっ、やねん。こいつ……しっかり動画、のっけてるやん」

宗介は画面を叩いて、自分の電話の声が入っていないかどうかの確認を急いだ。

「なんや、えらい凄み利かせて。お前、誰やねん」

と、叩き続けていた画面を止める。

宗介のセリフだったが、編集で音声が変えられている。

「こいつだきゃ、ホンマに」

さっそくＨＩＲＯに電話して、怒鳴り上げてやろうかと思った。

が、店は東京だと言っていたし、次第に面倒くさくなっていき、なぜかもう１度、動画を最初から見直してしまったのだった。

やはり、おれのアゴは冴えている。

翌日。

「陣内さん！　ＨＩＲＯの昨日の動画観たっすよ！　バッチリ音声変えて、アップされてるじゃないっすか！」

シゲの言葉に、しょうぞうも頷いている。

「あいつだけは、ホンマ、アホやろう」

「でも、ボス！　バリバリバズってますよね！　リサとコラボしてなくて、ＨＩＲＯの動画が１００万再生超えたのって、初じゃないっすか」

「そうなん？　そういえば、しょうぞう。リサとＨＩＲＯって付き合ってんのか？」

宗介はセブンスターに火をつけた。

一口目から、煙が喉を刺激する。

これがたまらない。

「付き合ってないっすよ。だって、ＨＩＲＯは彼女いますもん。まだあんまり売れてないときは、ユーチューブにも出してましたよ。それにリサは、この前、アイドル事務所をやめて噂になったやついたじゃないっすか！　ちょっと前まで、あれと付き合ってましたもん」

しょうぞうは、世間の誰もが知っているアイドルとリサが付き合っていたと言い出した。

「えっ、リサってそんな有名なんか！」

「えっ？　逆に陣内さん知らなかったんすか。リサが出てたから、多分、ナツキちゃんもHIROのユーチューブを見たんだと思いますよ。元ファッション雑誌のモデルで、JK時代、人気断トツ、ナンバーワンすよ！」

シゲが驚きの声を上げた。

そんなに有名だとは、まったく知らなかった。無知とは恐ろしいものである。

「でもなんか最近、インスタで好きな人ができたってあげてましたね」

インスタ、まだそこまでは手が回っていない。

宗介が把握しているのはツイッターとライン、それにブログまでだ。

「あの、縦読みかなんかの……Sくんを好きになった、とかいうやつっしょ」

むむ。

ふたりの会話を聞いていて、何がなんだか分からなかったが、とにかく、リサはSくんとかいうやつのことを好きになったのだろう。

そんなことは、どうでもいい。

どうでもいい……っていうか、Sくん。

宗介のイニシャル。

Sである。

そういえば、昨日、☺マークの後に、何やら意味深のwという文字が送られてきていた。年が離れ過ぎていて、恋愛対象としてリサのことなど気にもかけていなかったが。

あれは、もしや、愛してるのサインだったのか。

「おい、おい、おい……なんかよう女の子のラインとかの最後にwってつけてきたりするやん。あれってや、どういう意味なん？」

さりげなく、確認する。

「どうしたんすか、陣内さん？　急に慌てて」

シゲが怪訝な表情で、宗介を見やった。

「べつに、どうもないわい」

「wって、wっすよね」

そうだ。

愛してるのサインだろ。

「ただのワラですよっ」

「ワラっ？」

「だから、笑いっていう意味っすよ。ワラワラみたいな。なっ？」

シゲと頷き合うしょうぞう。

「自分、バリバリ使ってますよ」

勝手に使ってろ、である。

一瞬、ドキリとしてしまい、ひどく損をした気分になってしまった。

すると、アイフォンが震えた――724106。

リサからだが、文字化けしている――数字だらけで読まれへんで。

今度は、アイフォンが震え続ける。

「どうしたん？」

「シモシモ、シモシモ」

そして、ケタケタと笑うリサ。

「こっちが合わせてんのにさ。宗介、マジ、ノリ悪くない？」

「いや、シモシモって、あっ」

シモシモ。

724106、ポケベル……なにしとる？

「そんな急に言われても、なぁ」

「こういうの、宗介の頃のフチョウなんでしょ？　ブログ読んだよ。やってんなら、ちゃんと教えなよ」

いきなりの発言に、宗介は面食らった。

たしかに、ブログは書いている。

ムショのなかでは手書きだったが、今はアイフォンだ。

本名は出していないのに、なぜ分かった？

「だって、ユーチューバーになった舎弟の三浦って、完全にＨＩＲＯじゃん」

「ＨＩＲＯで検索したんかいっ！」

「そんなの、するわけないじゃん。ほら、ウチら時々、コラボしてるでしょ。ファンの子が心配して、ＨＩＲＯのこと調べてくれたみたい」

「それで……」

感想を聞きたかったが、言い淀んでしまった。

「でも、すごい面白かったよ」

「ほんま？　どこが面白かった？　暴走族のとき、川原の決闘からＨＩＲＯが裸足で逃げ出した話？　ＨＩＲＯがアイパーあてたら、菊リンになるかと思わして、カメレオンの矢沢になった話？」

「いや、あたし、べつにHIROのファンじゃねえし。だから、ぜんぶ読んだよ。宗介がこれまでに書いたやつ。面白かったから、あたしが最初のファンになってあげる。いいじゃん、いいじゃん、またね」

一方的に、電話は切れた。

と思いきや、またもリサから。

「そうそう、符丁って何なの？　それ聞こうと思ってたんだった」

「まあ、隠語というか、暗号みたいなもんやな」

「へええ、そういう知らない世界の話、いいよね。この世もまだ捨てたもんじゃないっていうか……暗号、ウチらもつくる？」

「なんじゃ、そりゃ」

「いいじゃん、いいじゃん。あたしがファンになったんだから、つらくても書き続けなきゃダメだよ」

そしてふたたび、一方的に切れた。

リサ、まったくよく分からない女だ。

「なんじゃ、そりゃ」

「なになに、陣内さん、どうしたんすか？」

興味津々といった様子のシゲ。

「ああ、なんでもない、なんでもない」

宗介は言いながら、照れ隠しのようにツイッターをタップした。

タイムライン上に、フォローしているアカウントの投稿が上がってくる。

兵庫県尼崎の文字に手を止めた。

……本日未明、元三次団体若頭が飲酒運転の末、ひき逃げ。その後、自宅に帰ったところを逮捕♂。

元二次団体最高幹部の売れっ子作家、我妻の投稿だった。

尼崎の元三次団体、若頭……。

宗介の中で該当する人間はひとりしかいなかった。

まさかと思いながら、平松で検索をかけてみる。

一発でヒット。

やはり、オッサンであった。

我妻の投稿によれば、警察車両とカーチェイスした末、一般人の男性をひっかけてしまったようだ。幸いにも被害者の男性は命に別状はなかったが、酒に酔っていた平松には危険運転が適用されてしまったという。

「平松、あのオッサン……何やってんねん」

不思議と、ザマアミロという気にはならなかった。

あいつのせいで、14年も無駄な懲役に行くハメになった。

懲役中は、ずっと思っていた。

ここを出たら、あの野郎、平松だけは覚えとけよ。

だが今、脳裏によみがえるのは、ナツキとの再会直前、結婚祝いに100万を持ってきてくれた時のことだ。

ちょうど2日前にも、電話がかかってきた。

自分でクビにした宗介に新たな仕事が見つかったと知ったとき、ほっとした気持ちもあったのだろうが、それでも平松は電話をよこしたのだ。そうして、今度の休みに就職が決まった祝いをしようと言った。

当然、懲役の14年は、そんなものでは返ってこない。

とてつもない裏切りだ。

けれど、脳裏に蘇るのは裏切りの場面ではなく、気安さばかりなのである。

「ボケが……嫁はんも娘もおんのに何しとんねん」

そこからサトシ、ＨＩＲＯから、立て続けに電話が鳴ったのだった。

どちらも平松の逮捕のことであった。

ふたりとも、宗介ほどではないにしろ、現役時代から平松に良い感情は抱いていなかった。それでも宗介同様に、彼らが平松の逮捕を笑うようなこともなかったのである。

翌々日、宗介は会社に休みをもらい、所轄の警察署にやって来た。

1階の受付で面会の手続きを済ませて2階へ上がり、留置場の面会室へと通された。別に緊張はしない。

もう、ずいぶん前からヤクザではないのに、テレビでは「元三次団体の若頭がひき逃げ」と報じられている。

平松は逮捕された瞬間から、自分が酒を飲んで車を運転し、男性をひいたあと、現場から逃走したと認めていたので、接見禁止をつけられることもなかった。

つまり、48時間が過ぎると、誰とでも面会できる状況になっていた。

面会室。

久しぶりだ。

先に通された宗介はパイプ椅子に座り、平松が入ってくるのを待った。

中と外を隔てるのは、いつものように1枚のアクリル板だけ。

ドアが開かれ、留置場の担当に連れられた平松がのっそりのっそりと巨体を揺らしながら、入ってきた。

夜も眠れていないのだろう。

目の下には、真っ黒なくまがペタリと貼りついている。

宗介はしかめっ面を作り、ゆっくりと口を開いた。

「……お前は破門や」

平松は、憔悴しきった顔で宗介を見た。

「なに？」

「平松、お前は破門や」

宗介は、同じ言葉を繰り返した。

平松も悟ったのか、やれやれという表情を作ってみせた。

「えっ？　ほんなら、5000万もなしでっか？」

ガラガラに枯れた声音。

「なしや」

しかめっ面の、宗介。

「ほんなら、組を持たしたる、いうのも？」

「どっちもなしや」

「そんなん約束がちゃうやないかって、宗介、すまん……もう、ええやろ……やらさんとってくれよ」

ようやく、宗介が笑った。

「冗談やんけ、兄貴。どないや、中は。現役のもんはいとんのか？」

面会で、シャバの人間がなかの他の住民のことを聞くのは、挨拶のようなものだ。

「知らん。誰とも喋ってへんから分からへんわ……実際、それどころやないしな」

平松はそう言うと、うつむいてしまった。

「昔とちがって、取調べで、タバコも吸われへんようになったから、刑事のアゴといりいうても、値打ちもないしの」

このあたりは、宗介のお手のものだった。

「で、兄貴、何年くらい行きそうなんや？」

「刑事が言うには、被害者が亡くなってへんいうたかて、全治半年の重傷って診断がでとるらしいから、どんだけまかっても5、6年は覚悟しとけって。飲酒で危険運転もついとるしな」

平松はいま54歳なので、6年喰らえば、出所する頃には還暦だ。

「姐は、面会に来てくれたんかい」

平松は首を左右に振った。

「刑事に電話してもうたけど、あかん。もうおれとは関わり合う気ないって言うとったらしいわ」

あのときのキョカと同じだ。

「もう、何もかんも終わりや。ネットで家の住所まで晒されとるらしいねん。クロス屋も、これで廃業や」

平松は頭を抱えて、ダンゴムシのように背中を丸めた。

「そうか、そうか。まあ、兄貴、もう過ぎたことはしゃあないやんけ、往生せえ」

まだ面会時間が残っていたが、宗介は椅子から立ち上がった。

「もう行くんか？　まだ、もうちっと、ええやないか」

寂しいのだろうか。

弱々しい様子で、平松が引き留めた。

「ここにおっても、しゃあないやろ。今、シャバにおるのは、おれや。できることはしたるから、心配すんな」

「できることは、したるって。宗介、お前、出てきたばっかりで、日当も８５００円なんやろう。ゼニなんて持ってへんやないか……力もないし」

なんとも、失礼なやつである。

「心配すんな。太い金主をひとりつかまえとんねん。それと兄貴、勘違いすんなよ。もう日当は５００円上がって、今じゃ９０００円じゃ」

それだけ言うと、宗介は留置場を後にしたのだった。

警察署を出ると、厳しいお天道様の熱波が襲いかかってくる。

宗介は、瞬時に額に湧き出てきた汗を手の甲で拭いながら、アイフォンを取り出すと、金主へ電話を入れた。

「もしもし、お疲れっす！　面会どうでした？」

相変わらず、のんきな声。

苛立ちを覚えながらも、宗介は淡々と指示した。

「ＨＩＲＯ、後のことはもう何もせんでかまへん。ただ平松は腐っても身内や。黙って、50万だけ用意したれ。それで、弁護士の栗原おるやろ？　あいつを平松につけたれ」

「えっ、おれが？」

「そうや、お前がや」

「マジ、兄貴は人が好すぎだって」

「ええから、やれ。それで終わりや」

文句を言うHIROの声音は、しかし本気ではなかった。

「ったく、しゃあねぇな。明日には手配しとくよ」

「お前は、いつもなんで油断したらタメロになんねん」

HIROからの電話を切ったあと、すぐにリサからの電話が鳴った。

「宗介！ラブミー。今、尼崎にいてんだけどさ、仕事終わったら、カフェでもどう？　リサね、ローカルの尼崎で、お洒落なカフェを見つけちゃってね。宗介まだムショぼけってのにかかってんでしょ。リハビリついでにリサとお茶しよっ」

HIROのタメロは、いちいちしゃくに障るが、リサのタメロはもう気にもならなかった。

「仕事は創立記念日で今日休みや。お前にはナツキと繋いでもうた義理もあるから、行ってもかまわへんけど、お前の奢りやぞ」

リサは電話の向こうで、爆笑していた。

「44のおっちゃんが、21のモデルにたかるってマジウケんだけど、ヤッバ！　やっぱ宗介最高じゃん！」

もしかして、リサはやっぱり好意を寄せてくれているのだろうか。

シゲとしょうぞうが言っていたSが、自分のことかと聞こうとしたが、そんなはずはない。

無駄に落ち込む必要もないので、宗介はちょうど通りかかったタクシーを止めて、リサと待ち合わせしたカフェに向かった。

走り出してすぐに、ラインが鳴った。

画面に目を落とす。ナツキからだ。

　パパ！　お仕事お疲れ様😁今日夕方にばあちゃんの家に遊びにいくね！

モテ期、到来。モテモテではないか。

宗介は目尻を下げて、タクシーの中から、行き交う人混みを眺めた。

カフェへ着くと、すでにリサが待っていた。

「宗介、こっちこっち！」

周囲を見渡すと、何組かのカップルが大声を上げたリサに気づき「あれ、リサちゃうん！」、「ほんまや、リサじゃん！」と口にしている。

なんだか宗介は、軽い優越感を覚えてしまった。

＊

このところの夜は、ビールを飲みながら、部屋でネットばかりやっている。

出所してからは、塀のなかのときよりも、もっとテレビを見る時間が少なくなった。というか、ほとんど見ていない。

「フォロワー、200万人って」

リサのSNSを検索した宗介は驚き、そしてコメント欄を見てさらにびっくりしてしまった。

……普通にブス。整形したのに、ブス。

……敬語もろくに使えないクソバカ。

……見てると気分悪いから、テレビに出ないでほしい。

……いいじゃん、いいじゃんってなんだよ。ローラの物まねか。

……死ね。

罵詈雑言が山のように書き込まれているではないか。

「なんや、こいつら、どういうつもりやねん」

宗介は、丁寧にコメントを書き込んだ。

ハンドルネームは、ヒットマン。

――リサさんは客観的にみて、美人だと思います。

匿名の誰かが、すぐに反論してきた。

……思うだけなら、誰でも美人。客観的と、そう思うは両立しない。チミに分かるかな？

……こいつは、ただのバカだろ。

宗介もやり返す。

――リサさんは実際、モデルとして活躍されています。それは多くの人に、美人だと認められているからではないでしょうか。

……はい、キター。モデルだからといって、美人とはかぎらない。

……っていうか、モデルって、だいたい爬虫類みたいな顔してるよな。

……っていうか、こいつ誰？

……っていうか、ヒットマンってww
……怖いよぉ、怖いよぉww
ワラワラ、ワラワラ。

なめくさりやがって。

スマホを持つ両手が怒りでわなわな震え始めた。

それでも、なんとか冷静に、冷静に。

——そんなに嫌なら、わざわざリサさんのＳＮＳを見なければいいのではないでしょうか。

……言論の自由を行使されるのが嫌なら、ＳＮＳをやらなければいいのではないでしょうかww

……リサ信者、やべえなww

……いいじゃん、いいじゃんww

……ブスでもいいじゃん、バカでもいいじゃんww

……ヒットマン、リサのパパかなww

――ちがいます。おれは父親ではありません。

……あっ、パパ活の方のパパか。

……リサ、ガンガンしゃぶってそうだもんなwww

この、クソが！

――てめえら、黙ってきいてりゃ、このクソが。

……やっぱり、オッサンだwww

……ヒットマンって、ヤクザかなwww

……ヤクザ、だっさwwww

――お前ら、リサの何を知っとんねん。

……キター！！　知り合い、キター。

……パパ活キターwwwwww

――顔さらして、堂々とコメントしたらんかい。こなクソ。

……と言う、お前が匿名www

……匿名ヒットマンwwwwwwwwwww

……リサでオナッてるだけの、ネクザ。

……キモおじさん、乙。

……いるよな、こういう奴wwwwwwwwwwwwwww

　クソだ。

　こいつらは、どうしようもないクソだ。

宗介はアイフォンを壁に投げつけたくなったが、なんとか堪えて、そうっと布団の上に放った。

なんなのだ、これは。

どうしてこいつらは面と向かって言えないようなことばかりを、こんなに堂々と。

いったい、恥というものはどこにいってしまったのだ。

リサは、こんな、クソみたいな連中に、日々、クソのような言葉を投げつけられているのか。

なんだか無性に彼女の声が聞きたくなったが、思い直す。

キモおじさんは、嫌だ。

そんな風には思われたくない。

――ネットは怖い世界やな。なるべく関わらずに生きていきたいもんやわ。

長い時間をかけて考え、短いラインだけを送ったのだった。

「兄弟、すまんすまん、ちょっと残業でな。おいっ、姉ちゃん、生ちょうだいっ」

おしぼりを首元にあてながら、遅れてやってきたサトシ。

宗介の向かいの席に座った。

いつもの作業服である。給料日だから、御馳走してくれると言う。

「兄弟、ヤクザはナメられたら終わりや。だからこそ、見た目が大事やねん。一歩外に出たら誰が見とるか分からんからな。人はな、その姿だけを見て、あそこの組の誰々は、ボロボロの軽に乗ってたやの、ヨレヨレのジャージ着てたやの言うねんぞ。見てみ、あそこの家族連れ。オッサン、作業服を着て、焼き肉食うとるがな。ワシは雇われで、今日は給料日です、って宣伝しにきてるようなもんやないか。あぁなったら、兄弟、終わりやど」

この焼き肉屋には、これまで1000回は来ている。

昔は、互いに長い懲役に入る前には、そんなことばかり言っていた。

「兄弟も終わったんか？」

宗介はクスリとしながら、口にした。

「へっ、仕事？　そうやん。今ようやく終わってんやん。新しく入ってきた若いのが、トラックのバッテリー上げやがって、それで、おれが代わりに走ることとなったから、残業なってもうてん。っていうか、兄弟、先に食べといて言うたのに、気遣わんと食べてたらよかってん」

世の中が変わったように、目の前のサトシもこの14年でずいぶんと変わったようだった。宗介は、それを羨ましく思っていた。平凡な暮らしなんて、今日と同じ明日なんてまっぴらごめんだと思っていたはずなのに、いつの間にか刑務所のなかで思い描くのは、今日と変わらない明日であった。

「食べとこうとしてんけど、店員の姉ちゃんが若いやん。もうひとり来てから注文するって言うてもうたから、注文しづらかってん」

事実であった。

それにもっと言えば、何から頼んでいいか分からない。すくなくとも、パッとメニューを見て、今すぐ食べたいと思ったのは、小豆バニラであったが、流石にそれはちがうと思ったので、サトシの到着を待っていたのだ。

「何を言うてんねん、兄弟。日当も上がって、900円になったんやろう。遠慮することとあるかいな。ここのバイトの姉ちゃんらにも負けとるかいなっ」

笑いながらメニュー表を開き、サトシは適当に注文した。

「兄弟、なっ？　兄弟もツイッターでエゴサーチとかすんの？」

芸能人は、ツイッターでエゴサーチをするとか、しないとか言う。

リサに聞いてみると「そんなのバッド入るだけじゃん」と、まったくしないと言っていた。

　宗介は、恐る恐るやってみた。

……陣内宗介って、あのヒットマンやろう。

　とか、

……あぁ、ただのチンピラじゃん。

　とか、良くも悪くもいろいろと出てくるのを予想していたが、時の流れとはまったくもって薄情なものである。

　陣内宗介など、1件もヒットしなかった。

　リサとはちがう意味で、無駄に「するでなかった……」と、しばらく落ち込むことになったのだった。

「ツイッター？　エゴサーチ？　そんなんせえへんがな。そもそも、おれ、ツイッター自体やってへんから、見もせんで。姉ちゃん、先に塩タンもってきてや」

　これだけのネット社会というのに、サトシはツイッターをやっていないと言うのである。なんたる、アナログ。

「ウソ！　兄弟、ツイッターやってないの？　そんなんでシャバで生きていけるん？　取り残されてまうで！」

運ばれてきた塩タンをトングでアミの上に乗せながら、サトシが笑った。

「あんな、兄弟。時代がどれだけ変わっても、自分の目で見たもん、耳で聞いたこと、肌で感じたこと。これが一番大事なんは今も変わってないで。いくら情報社会やいうてもな。それに聞かんでええ話、知らんでええことは、知らんままの方がええこともあるやん。

兄弟、14年で変わったことはたしかに多いかもしれん。でも変わってないもんもあるから、兄弟の焦る気持ちも分かるけど、無理に焦らんでも大丈夫やで。あっ、塩タン焼けとるで。その小皿にレモン絞り」

なんだか、サトシが頼もしく見えて仕方なかった。

「でもな、兄弟。HIROがユーチューブをやってるんは、ツイッターもやってへんアナログな兄弟でも知ってたやん」

「アナログって。携帯の電波も立たん場所に14年もいてた兄弟に言われたないわ」

笑いながら、サトシは続けた。

「HIROがユーチューブやってるのは、ウチの子どもらでも知ってん。子どもらがリサのチャンネルを見てて、それで知ってん。あいつが有名になったんは、リサとコラボしてからやで。兄弟はテレビも見せてもうてへんかったから知らんやろうけど。リサは、もともとバラエティとかも出てて、バリバリ人気あんねんで。おれらみたいなオッサンなると、あんま分からんけどな。ただあの子、兄弟に興味持ってるみたいやな」

サトシは軽く焼けた塩タンを口に運んだ。

リサが、おれに興味を持っている？

なぜか、ドキリとしてしまった。

「兄弟、なんで分かんの？　なあ、なんか心理学の勉強でも？」

「すぐ分かったわ。兄弟がＨＩＲＯとリサを呼んだときあったやろう。ナツキに会いに行ったときな。兄弟の目には、びびってるだけに見えたかもしれんけど。びびってたのはＨＩＲＯだけで、リサの目は兄弟に興味津々やったで」

やはり、サトシは心理学の博士号でも取得しているのではないか。

ちょうどその時、テーブルの上に置いていたアイフォンが、ラインの着信音を鳴らした。画面の表示を見る。リサからであった。

宗介😁今、ナッちゃんとご飯食べてるよ😋ヤキモチやくなよw😜まだ明日は尼崎にいるからさ、明日仕事終わり次第、連絡よろ〜。ムショって、ナッちゃん

に聞いたけど、海もみれないんしょ。マジバッドじゃん😅
3人で海でも見に行ってドライブしよ！　いいねいいね😁連絡よろ～

これは、ハニートラップというやつだろうか。

ただのチビと思っていたリサが急に、大人の女性として感じられた。

と惚ける前に、リサはそんなにナツキと仲良くなっていたのか。

「あっ、しまった！　オカンに今日は晩飯大丈夫やって電話するのを忘れてた！」

宗介は慌てて席を立ち、悦子に電話をいれた。

リサが、宗介に好意を寄せている。

はたしてそんなことがありえるのだろうか。

思わず、宗介は顔が熱くなってしまった。

こんな感触は14年ぶりであった。

だってそうではないか。

この14年間は、どこを見てもむさ苦しい野郎ばかりだった。それも犯罪者しかいない。顔を赤らめるなんて感情は、どこかに置いてきた。

そんな宗介が顔を赤らめている。シャバはやっぱり別世界であった。

第6章　ドライブ

「ナメたガキがいんだけどさ。おれってマジ元極道じゃん！　そのおれにだよっ。底辺ユーチューバーがコラボしてください！　とか凸してきやがって、マジ、ナメてるっしょ！

　おれがコラボするレベル知ってっしょ。リサクラスだよ、リサクラス。ホント頭にきたから、今からそのときの様子を流すけどさ。マジそれも、おれがそいつを宣伝することになるからマジやなんだけどね。おれ使って売名すんじゃねえよ！　ほんとマジ、おれがさ、現役でバリバリやってた頃だったら、マジあいつ死んでんよ」

　まんざらでもない様子であった。

いや、どちらかと言うと、ＨＩＲＯははしゃいでいた。

最近、ユーチューバー界隈で、迷惑系ユーチューバーが大手のユーチューバーに突撃しに行っているのが話題を呼んでいたのだが、ついにそいつがＨＩＲＯのところにまでやって来たのだ。

「売名させてもうてんの、お前やないか。っていうか、お前ごときがいつ現役でバリバリやっててん」

アイフォンで、ＨＩＲＯの動画を見ていると苦笑いが浮かんだ。

「あっ、パパ！　いま見てるのＨＩＲＯくんのユーチューブちゃう？」

音声が漏れていたのだろう。

助手席のナツキが、後部座席の宗介を振り返った。

「凸系のくそっしょ？　そいつマジ迷惑なんだけど。リサのところにも『好きです！』とか言って、いきなしやってきて。そんなの、リサ、興味ないじゃん。セキュリティに取り押さえられて、動画消されてたんだけどね」

ハンドルを握るリサが前を向いたまま言った。

「えっ？　お前にセキュリティなんていてんのか？」

「マジそっち？　宗介マジうけんだけど」

「パパ、リサちゃんって、凄い有名人やっていうてるやん。そんなん、おるに決まってるやん」

ナツキとリサが大爆笑している。

宗介はＨＩＲＯにではなく、リサに舎弟の盃を降ろした方が良さそうだ。

仕事の休日。

なぜかまだ東京に戻らないリサとナッキと宗介は、悦子の軽自動車を借りて、須磨海岸を目指してドライブをしていた。

最初は、宗介が運転すると言ったのだ。

しかし、ナツキに「それだけは勘弁」と言われ、リサには「宗介！ ナッちゃん妊娠してんだよ！ 宗介なんかやっと自転車に慣れたところって言ってたじゃん！ 車の運転なんて無理に決まってんじゃん！」と、大反対された。

「何言うとんねん。免許は生きとんねん。お前ら知らんやろうけど、今はな、免許の更新が、ムショんなかでもできんねんぞ」

一応、宗介も反論はしたのであったが。

以前は、出所後に刑務所で発行された在監証明を持って、運転免許センターにいけば、更新できた。ただし、道路交通法の改正によって、いくら在監証明を持っていっても、前回の更新から3年が経過してしまうと、また100問の再試験。

それが現在では、刑務所に運転免許センターの職員がやってきて、塀のなかで更新させてくれるようになったのだ。希望する場合は、社会にいる親族や友人に住民票を送ってきてもらい、住居を刑務所に移すことができる。

宗介も悦子に住民票を送ってもらい、刑務所に住所を移しては、毎回、免許の更新をしていた。そのため、出所時に免許証に記載されていた住所は刑務所だったが、出所してすぐに市役所に行って、住所を実家に移し、免許証の書き換えも済ませてあった。

「でもパパ、ずっと車の運転してなかったんちゃうん?」

「そりゃ、そうやけど、リサなんかに車の運転できんのか? 第一、東京なんてほとんど車なんて乗らんやろう。ペーパードライバーより、1時間も運転すれば慣れるおれの方がまだ安全やんけ」

「それ、絶叫アトラクションじゃん。しかも1時間! 超なが!」

リサが笑い転げた。

「ユーチューブでもあげてるけど、リサちゃん、車、フェラーリやで」

「へっ?」

結局、宗介は黙って後部座席のドアを開けたのだった。

世の中、どこか間違っている……のではないか。

組織のために働き、14年間も耐え忍んだ宗介が悦子に軽自動車を借りて、シャバで21年間しか生きていないリサが、フェラーリである。

確実に世の中、間違っている……ように思われてならない。

とまれ、リサの運転で軽自動車が走り出した。

車内では、聞き覚えのある夏の歌が流れた。

「おっ、この歌、懐かしいな。おれ、この歌手の女の子と同級生やねん。刑務所のクソ暑い夏、思い出すわ」

空調のない塀のなかで、滝のような汗に辟易(へきえき)させられていた頃、娘とドライブする日が将来待っていようなんて。

薄暗い独居房でのたうち回っていたあの頃の自分に、そう教えてやることができたら、どれだけ救われただろうか。

「もう、パパ！　刑務所の話ばっかりせんといて。お腹の赤ちゃんに影響したら、どうすんの！」

しかも、孫まで誕生直前だ。

あのころ小学生だったナツキが、そんなことまで言うようになったのか。

「もう、宗ちゃん！　ナツキの前でヤクザの話せんといてや！　小さくてもこの子、感受性が強いから、もう分かんねんで！」

よく似た別の声が頭のなかで流れた。

なんだか、キョカに叱られているようだった。

「もうちょいで、着くじゃん！」

ナビを見ながら、リサが言った。

宗介は、後部座席の窓を開けた。

14年ぶりに嗅ぐ潮の香が、鼻をくすぐる。

「15、6の頃、よう夏になったら須磨にシンナ……」

シンナー持って遊びにきたな、と言おうとしたのだが、ナッキが助手席から振り返り、キッと宗介を睨んできたので、その先の言葉は呑み込んだ。

車から降りて歩き出す。砂浜には、人の姿がぽつぽつ。

「あっ、あれって、リサちゃうん」

「ヤバ！　リサやんっ」

「あのサングラス、リサちゃうん。バリヤバイやん！」

「うわっ！　あれ、絶対にリサやん！　横の子もバリ可愛いやん」

方々から声が上がったが、リサには気にする様子がなかった。

「パパ！　マスクさげんとってや！」

どちらかというと、ナツキが警戒している。

「大丈夫やがな。誰もパパのことなんて知らんやん」

宗介は、14年ぶりに見渡す海に感動を覚えつつ、呑気に応えた。

塀のなかでは海どころか、プールもない。泳ぐこともできない。夏場は、増し入浴といって、週に2回の風呂が3回になるだけだ。

「ちがうやん！　リサちゃんに迷惑かかったら、もうみんなで遊ばれへんようになるかもしれへんやんか！　今は誰がどこで写メ撮って、ネットにあげるか分からん時代やねんで」

なるほど、パパラッチというやつか。

服役も済ませ、今では組もなく、あくまで「元」とはいえ、今で言うところの元反社会的勢力の刑務所帰りと一緒にいるところを知られれば、それだけで問題になりかねないと言うのだ。たしかに、それが原因で、せっかく再会を果たせたナツキ、それに今やナツキの親友になったリサと会えなくなっては困る。

悦子だって、「せっかくナッちゃんが遊びに来てくれるの、お母さんは楽しみにしてたのに、あんたはどこまで迷惑かければ、気が済むの！」と、なじるはずだ。

が、肝心のリサは、まったく意に介さない様子で、「一緒に撮ってくださ〜い」と言ってきたカップルと写真におさまっている。

「ナッちゃん！　宗介！　3人で写真撮ろう」

まさかこの写真が、最初で最後の1枚になるなどと誰が予感できただろうか。

第7章 なぜ、泣くのだ

刑務所には、時間というものがない。

就寝は夜9時、起床は朝6時30分など、時刻は厳密に決まっているのだが、同時に、受刑者にはその時刻を正確に確認する術がないのだ。出役する工場のなかは例外だが、舎房には時計が設置されていない。

ゆえに、受刑者たちの時は、すべてオノレの腹時計に委ねられている。

なぜ、受刑者に正確な時刻を知らせないのか。

時刻を共有させないことが、なによりも塀のなかの秩序を保つことに繋がるからだろう。シャバの者とムショの者が、正確に同じ時刻を共有してしまえば、脱獄や暴動において双方の力を集結することが容易になる。それは、単純な待ち合わせの場面を想像してもらうだけでも分かるはずだ。

そのため、国家は、受刑者から時間の正確性、時間の感覚を剝奪する。

宗介も最初は、時間など気にしなかった。

塀のなかでは——どうしてもしなければならないこと——起床就寝、食事の合図では放送が流れる。それ以外の時刻には、ほとんど意味がないのだから。

だが、シャバでは逆に、ほとんどの時刻に意味がある。

それなのに、誰も時間を管理してくれない。

アイフォンのアラーム。
宗介は、さっと起き上がった。
ムショ仕込みの習慣はしっかり身体に染み込んでいる。
布団の片付けは一瞬、部屋の掛け時計は6時10分を指していた。
シゲは、7時に迎えにくる。
洗面所で顔を洗い、歯を磨く。
すると、クソの気配。
便所ですませる。
昨日、口からせっせと詰め込んだ食物を、今日は尻からひねり出す。
厠（かわや）を出れば、ふんわりと味噌汁の香りが漂う。
「おはよう」
悦子の手元にはサイの目に切られた豆腐、増えるワカメもあった。
「もう、すぐやで」
その前に、缶コーヒー。
部屋に戻って、タブを開ける。
ちがう。

その前に、セブンスターに火をつける。

その1本を口のはじにくわえて、缶コーヒーのタブを起こす。

甘い液体を一口飲み、苦みのある煙を一口。

このルーティンも身に馴染みつつあった。

缶コーヒーとタバコ、そしてアイフォン。

カフェイン、ニコチン、インターネット。

どれもこれも、人を中毒者の道に誘う。

毎朝、ラインもチェックする――リサからの返信は？

ない。


なんかあったんかいっ。

おれは嫌われて、ブロックとかいうやつでもされたんか。

オカンの軽を運転させたから、幻滅したんかい。

まあまあ楽しそうやってたんけどな。

おれを嫌いになるのはしゃあないけど、ナツキのことだけは嫌いならんとったってくれよ。がっかりさせてまうやん。

昨夜、わりと気を遣って送ったのに、まだ既読もついていない。

宗介とナッちゃん見てて、愛だなって😘
最初に宗介と会った時、宗介激オコだったじゃん😅
リサねー長い間、人に怒られたことなかったから、えっ⁉😅お父さん😭って
思ったw
そこに感動したりして😁
宗介😁有難う😁リサはずっと宗介とナッちゃんが、らぶミー😘
ごめんね。泣いちゃいそう〜でやんの😚

昨日の夜。

8時2分に、リサから妙なテンションのラインが届いた。

なぜ、泣くのだ。

そう思った宗介は、その通りに返信した。

きちんと、リサに教わったように、最後にスタンプもつけた。

本音ではためらいもある。

　スタンプなど、大の男が使うものだろうか。

　それでも、女の子にはスタンプをつけて送らないと怒っていると勘違いされると
リサにレクチャーされたので、使うようになった。

　時折、ナツキに「おやすみ😴」などと送ってしまい、「パパきもいで」と返されることもある。まだまだ、おれにはリサの助けが必要だ。

「何か、あったんやろか」

　気になるなら、また別のラインを送ればいいかもしれないが、ストーカーと思われるのは嫌だった。宗介は、ひたすら既読がつくのを待っていた。

「陣内さん、それ、完全に乙女っすやん！」

　シゲが、エセ関西弁を繰り出してきた。

　しょうぞうも、クスクスと笑っている。

「女の子がレスポンス悪いのなんて普通っすよ！　なっ！　しょうぞう」

「すぐに返信したら、ガツガツしてるみたいに思われるので、自分もわざとズラしたりするっす！」

　なんだか、シャバは便利になっているのか、不便になっているのか、いまいち分

からない。

「ラストっすね〜」

今日も仕事は順調だった。

あっという間に半日が過ぎたが、まだリサから返事がない。

既読もつかない。

そんなことは、これまでに1度もなかった。

トラックは最後の現場へと向かっていた。

「あっ、陣内さん、ちょっと教えてほしいんですけど。やっぱり芸能人って、本物のヤクザの人の言うことは、何でも聞くんですか？」

しょうぞうがマヌケ面を宗介に向けたその時、アイフォンがけたたましい着信音を上げた。

なぜなのだろうか。

昔からそうだった。

同じ音量のはずなのに、嫌な予感がする時の着信音はけたたましく聞こえ、たいてい、そうした予感は的中するのだ。

アイフォンの画面に目を落とす――ボンクラの4文字。

HIROだ。

「兄貴！　兄貴！　リサが！　リサがっ！」

ハンドルを握りながら、ナビ代わりにしているスマホの画面を見ていたシゲが、同時に驚きの声を上げた。

「げっ、ウソ！　陣内さん、リサが自殺って速報が流れてるっす」

「マジっすか」

しょうぞうも反応する。

トラックが揺れ、対向車にクラクションを浴びせられた。

シゲが慌てて、ハンドルを戻す。

宗介は言葉を失っていた。

HIROの声など聞きたくなかった。

一方的に電話を切ると、すぐまた鳴った。

「パパ、パパ、パパ！　なんでなん……」

ナツキが号泣している。

「リサちゃん、楽しんでたやんな」

「そやな」

「一緒に海行って笑ってたやんな」

「ああ、そうや」

「3人で写真撮ろう言うて。それで、それで写真撮ったやんな」

「せや、せや」

ナツキはひどく取り乱していたが、宗介には相槌を打つことしかできなかった。

脱力感といえばいいのだろうか。

放心状態になりながら、リサのことを考えていた。

「エゴサなんかしないよ。そんなのバッド入るだけじゃん」

リサの声が耳に響く。

たぶん、あれは強がりだったのだ。

たまには、エゴサーチもしていたのだろう。

SNSのコメント欄にも、時おり目を通していたのかもしれない。

そうした反響に、すこしずつすこしずつ傷ついていたのかもしれない。

「芸能界、わたしもちょっと憧れちゃうな」

いつだったか、ナツキが軽く口にした言葉に、リサが突然、激しく応じたことを思い出した。

「芸能界なんて、クソじゃん！」

　これまで見せたこともない険しい表情で、リサは吐き捨てるように言った。

ただ、そのあと、すぐに元の明るい表情に戻っていたので、そこまで気にも止めなかったのだ。

「お父さんに……あっ、ごめん！　陣内くんに会いたいって言ってるっす！　あっ、陣内さんっす！」

不意にリサと出会ったときのことを思い出し、宗介はクスリとした。

その直後に視界が揺れ、涙が零れていると自覚した。

「水くさいやないか……」

それ以上の言葉は出てこなかった。

シゲも、しょうぞうも話しかけてこなかった。

思いはたくさんあったが、誰かと分け合う気持ちにもなれない。

どうしてラインなどで済ませてしまったのか。

もしも「なぜ、泣くのだ」などとラインなどせずに、電話をかけていれば、なにか変わったのだろうか。

「マジ、宗介じゃん！　やば！　宗介の電話、マジ、レアだし」とばかりにバカ話をしていれば、思いとどまってくれたのだろうか。

そんなことを考えていたが、自分にそんな力がないこともよく分かっていた。

電話の向こうでは、ナツキがずっと泣き続けている。

リサは昨日の夜8時過ぎ、みずからこの世を去った。

数時間後のニュースがそう報じたとき、宗介もひっそり泣いていた。

＊

3歳か、4歳くらいだろうか。

目の前の砂場で、男の子と母親が山を作っていた。

その光景を、公園のベンチに腰かけた宗介は見るともなく眺めていたのだった。

ちょうど、カイトもこれくらいだった。

「パパ、パパ、パパ！」

すこし擦れた特徴のある声が余計に可愛いかった。

もし、いま会ったら、以前と同じようにまた「パパ、パパ」と声変わりした声で言ってくれるのだろうか。

「なっ」

自分はカイトにパパと呼ばれたら、なんと応えればよいのだろうか。

「なっ」

心の声か？

「なっ、って！」

「なっ、って言うてるやろう！」

なんやねん、いったい。

砂場で遊ぶ親子から視線を外し、宗介は声の方を見た。

短髪で金髪の、夏服のカッターシャツをまくり上げ、学生ズボンをだらしなく着こなした高校生がきつい視線を放っている。

凛々しい顔立ち。

どこかで、見たことのある表情だった。

「なっ、オヤジやろう。おれや、カイトや」

「へっ？」

「忘れたんか、カイトや」

時が止まった。

そうだ、ナツキが見せてくれた写真。

カイトだった。

「カ……カイトか？　パパとちゃうやん」

「なに言うてんねん。ナツキにオヤジに会ってるって聞いて、ばあちゃんち聞いて、行ってきた。ほんなら、ばあちゃんが、今日、仕事休んで、さっきちょっと公園に行ってくるって言うて出ていったって言うたから。公園探して、見にきてん」

ほとんど無表情のまま、カイトは宗介の横に腰かけた。

「ナツキが、オヤジが絶対に落ち込むから、特に今は絶対にあかん言うてたけどな。オヤジはぜんぶ、覚悟の上やろう。覚悟の上で、極道やってたんやろう？」

まさかカイトの口から、極道という言葉が出てくるなど想像もしていなかった。ヤクザでさえ、自らを極道と称することはまずしない。しかも呼び方もパパではなく、オヤジであった。姉のナツキに対しては呼び捨てである。

「あぁ……一応は、な」

カイトに圧倒されながら、宗介は頷いた。

「オカンは再婚してるぞっ」

宗介は、呆気に取られてしまった。

言葉にすれば、ガーンである。

今、それを言うか、と思わずカイトの神経を疑ってしまった。そもそも、なぜに高校球児なのに金髪なのだ。

「性格に難ありやねん」とナツキは言っていたが、これじゃ難あり過ぎだろう。

別れはしたものの、どこかでキョカと再婚できたらと思っていた。

それをものの見事に、カイトは一瞬で打ち砕いてくれたのである。

しかも、リサの訃報に接した次の日にだ。

もしも、宗介がナツキであったとしても「さすがに今は絶対に言うたるな」と諭すだろう。だが、カイトは言うのだ。

宗介は、うなだれながら肩を落とした。

「極道やってたら、そんなもん覚悟の上やろう」

そんな覚悟は微塵もなかった。

宗介は打ちひしがれていた。

まだ無表情のまま、カイトが手に持っていたビニール袋を差し出してきた。

「なんやねん、これ……」

なかを覗くと、アンパンとパックの牛乳。

「落ちぶれた大人が公園で昼飯っていうたら、アンパンに牛乳やろう。公園来る前に、そこのコンビニに寄って買ってきたった」

大きなお世話である。

ただ、誰かに似ている気もする。

誰だったかと考えて、すぐに思い当たった。

10代の頃の自分であった。

「オヤジ、ナツキはあかんぞ」

「あかんて、お前……仮にもお姉ちゃんやないか。あかんて、何があかんねんっ」

「あいつはあかん。優しすぎんねん。オカンに似てイケズなところあるけど、ベースはオヤジや。甘すぎる。だからオカンが再婚してるとか、肝心なことをオヤジによう言えんねん。隠そう、隠そうとしてまうねん。それで、逆に相手が傷つくって知らんねん」

逆にではない。

今、宗介は正面からカイトに傷つけられていた。

「なんぼ結婚して、子どもが生まれるいうても、まだまだ頼りない。その点、おれはちゃう、現実主義や。結論を先に言うてから、考えれる。だからナツキのことは、心配せんでええ。おれが守ったる」

守ったるといった言葉にだけは、冷酷なまでの淡々とした口調とはちがった力強さが込められていた。

「リサが自殺して、あげくにオカンが再婚してるって聞かされて、オヤジも今、落ち込んでるやろう」

この子は分かっていながら、なぜそれを言うのだ。

「おれも1回だけ。たった1回だけ、今までに立ち直れんって思ったことがあってん。それをおれは泣きながらでも乗り越えれたから、この先どんなことがあっても乗り越えていけるって、自信があんねん。オヤジ、それが何か分かるか?」

カイトが首を振り、宗介を見た。

「好きな子にでもふられたんか?」

カイト、心底軽蔑するような表情。

「だから、オヤジはあかんねん。4歳のときや。4歳のときにオヤジが突然、おらんようになったことや」

頭を鈍器でなぐられたような衝撃。

「パパがおらんようになって、カイトは泣いて泣いて大変やってんから」

ナッキの言葉を、どうして忘れてしまっていたのか。

「おれはオヤジが大好きやった。オヤジが世界で一番すごいと思ってた。実際は知らん」

いちいち、カイトは一言多い。

「さあ、そろそろルリくんかえろうね。帰りにアイスクリーム買おうね」

小さな男の子は満面の笑みを浮かべて「やった！」と言った。

砂場のふたりが去っていく。

「でもあのときのおれにとって、オヤジはスーパーマンやった。視野が狭かったいうのもあるけどな」

また一言、カイトは付け加えた。

ひょっとして、カイトは14年分の恨み辛みを言いにきたのか。

「オヤジは、おれやオカン、ナツキが大事やなかったんか？」

「なに言うてんねん！　それはちゃうぞ！　ウソやない。お前らのことは、自分の命よりも大事や。それだけはほんまや！　それだけは今も変わらんぞ！」

「ほんならなんで、極道をやめんかってん。おれら家族が大事やったら、極道やめて、引っ越すとかして、平凡に暮らす選択肢もあったんちゃうんか」

アゴが得意なはずなのに、言葉が出てこない。

ヤクザで成り上がり、お前らを幸せにしたろうって考えてもうてたんや。

ほんま、バカやった。

とは言葉にできず、宗介は下を向き、「すまん……ほんまにカイト、不便な思いをさせてほんまにすまんかった」と、頭を下げた。

カイトはスックと立ち上がり、ズボンのお尻をパンパンとたたいた。

「オヤジ、心配すんな。オカンもナツキもいちいちうるさいから言うてへんけど、おれは中3からボクシングやってて、高校野球が終われば、ボクシングで世界を獲ってみせる。おぼえてるかオヤジ、遊びでボクシングごっこしてたの」

「ああ、ダブルパンチとか。黄金の右とかの戦いごっこやろう」

「そうや、あれや、あれ。あと5年、オヤジ辛抱しとってくれ。おれがオヤジを楽させたる」

それだけ言うと、カイトは背を向けて歩き始めた。

「たまには、ばあちゃんの家に顔出すようにする。オヤジ、こんなもんで、枯れたりするなよ」

歩き出すカイトの背中。

「カイト！」

宗介の声に、カイトは振り返った。

太陽の日差しで、その表情は分からなかった。

「カイトこそ心配すんな。おれはお前の父親やぞ。こんなことくらいで、へこたれるかい！」

見えないが、カイトの口元がニヤリとしたような気がした。

宗介はスカイブルーの空を見上げて、昔のことやリサのことを思い出していた。

生きていたら何とかなる。

生きてさえいれば、何とかなるはずだ。

ベンチに座り、カイトが持ってきてくれた、牛乳のパックにストローをさし、アンパンの封を開け、アンパンに齧りついた。

自宅までの帰り道、どこかで宗介は吹っ切れていたのだった。

第8章　シノギ

「殺生なこと言わんといてくれよ。ほんま、このとおり」

アクリル板の向こうで、平松が両手を合わせている。

そんな、シワとシワを合わせたところで、塀のなかでは幸せなど得られない。

すこし、やつれたか。

ダブついていた頰の肉が落ち、口の周りのシワ、ほうれい線というやつが深掘りされたような気がする。

また留置場までやってきたのは、平松を見切ったはずの、あの不細工な嫁からしつこく電話がかかってきたからだった。

「なんや、煽り運転の法律も施行されたみたいやし、危険運転もそうや。これからべらぼうに刑期も高なんぞっ！　兄貴の場合やったら、20年はかたいのう」

「そんな行くかいっ！　不安なるようなことばっかり言わんとってくれや。ワシ、ほんまに困っとんねん」

なにがや。

「HIROに言うて、ヤクザ弁護士の、あの悪徳を選任したやろう。困ったことがあったら、あいつに言わんかい。あいつやったら、なんでもしよるやろうが」

そう、弁護士という連中は何でもやる。

悪徳と呼ばれているヤクザ御用達の連中は、弁護人面会には立ち会いの専門官がつかないのをいいことに、アクリル板越しに携帯電話を使わせたりするなど、やりたい放題だ。

「そっちは心配ないねん。実はな、宗介もウチにおったから知ってるやろう。山田インテリア……」

平松クロスの元請けだ。

「あれが、どないしてん？」

太陽光パネルの押し売り、壊れていない屋根まで直すリフォーム、地上げ。

山田インテリアは地元の土建内装屋たちを束ねる大将格で、現役時代の平松には世話になったのだろう。警察を退いたオマワリを、銀行がこぞって引き取るようなものか。

「山田のハゲがよ。ワシがパクられたのをええことに、120万から残っとる支払いを日延べばっかりさせて、うやむやにしようとしとんや」

三次団体の元若頭もナメられたものだった。

「それで、もう委任状は書いて宅下げに出しとるから、宗介、頼む！　あのハゲから回収してきてくれ！　ほんま頼む、この通りや！」

平松がまた、シワとシワを合わせた。

債権の取立て、通称キリトリ。

ヤクザのシノギである。

「あのなぁ。そんなもん騒いでもしゃあないで。パクられたら、ようあることやないか。しかも頼む相手を間違っとんど。いくら正規の簡単な債権や言うたかて、キリトリは仕事やない、シノギや。トラックの配送助手のジャンルとちゃうわい」

「分かっとるがな。でも宗介くらいが行ってくれなあのハゲ、のらりくらりかわして払いよらんねん。頼む、回収して！　嫁はんにとりあえず100万入れな、明日にも離婚されんのや」

心配するな。

たとえ100万入れても、懲役中に離婚される。

「ほんなら、何かい。120万とって、嫁さんに100やったら、おれに20で回収行かそうと、そう思っとんのかい」

キリトリには、暗黙のルールがある。

それが、トリ半。

回収してきた金額の折半が常識だ。

「ほんま……すまんねんけど」

いかにも申し訳なさそうに、伏し目がちの平松。

喉の奥から、絞り出すように。

「ちゃうんや」

なにが、ちゃうんや。

お前さんは、他にも問題を抱えているのか。

ひょっとして、娘か？

お前さんにそっくりだが、娘を持つ父親の気持ちだけは分かる。

どうした？

「ほんま、すまんねんけど……宗介、なっ、ワシもこれから懲役に行かなあかんから、銭いるんや。すまんけど、残りの20はワシに差し入れして欲しいんや。頼む！この通りや！」

ほとほと呆れたやつである。

カタギで汗をかいている身内を、駄賃も渡さずに小間使いしようとは。

「アホらし、そんなん誰が行くねん。ほんま、わざわざ面会に来て損したわ」

宗介は立ち上がった。

「そもそも、おれはカタギや。ま、お前がカタギにしてんけどな。まあ、それはええ。もう、おれは決めたんや。ヤクザみたいなシノギは正規であれ、何であれ一切せんってな。せやから、トリ半でも行くかい。ほなのぉ。未決に移されたらクーラーないから、今のうちに留置場で有難くあたっとけよ」

「宗介、頼むって！　もう頼れるやつ、お前しかいてへんのや」

なにを、ノウノウと。

「やれることは、やったるって言うてたやないか！　ワシの知っとる陣内宗介は、そんな男やないぞ！」

まったく、どいつもこいつもアゴだけは達者で……と、平松の無駄にキッとさせた表情を睨(ね)めつけたところで、宗介は閃(ひらめ)いたのであった。

向けた背中をひるがえし、もう1度、パイプ椅子に腰を落とす。

「やっぱり、お前は男や！」

「しゃあないのう」

「すまん」

「宅下げ出してる、おれ宛ての委任状、すぐ書き直せ」

「へっ？」

宅下げとは、塀のなかの者から、シャバの者へ衣類や本などを渡すことができる仕組みである。

宗介は、平松が書き直した債権回収の委任状を留置課の担当から受け取り、警察署を出た。

すぐに電話をかける。

「おいっ、今どこじゃ」

「なんだよ兄貴、ヤブから棒に」

何はなくとも、HIROだけはいつでも摑まる。

「ぼけ、今どこじゃ！」

「どこって、アロチだよ。これから撮影入るところ」

ちょうどよかった。

和歌山なら、東京へ戻る前に尼崎へ寄らせよう。

「オドレ、西に入ってくるときは、おれに連絡せんかいっ。ほんで、おれの承諾を得てからにせんかいっ。ええから今からすぐ尼崎(アマ)に来い！」

「そんな、むちゃ言わないでよ、今から撮影だって言ってんじゃん」

またこいつはタメロをきいてやがる。

それに、気色悪い標準語。

じゃん……。

「お前の新しいユーチューブの企画を考えたったんや、はよ来い！　まだ誰もやってないうえに、ぼったくりバーよりも確実にバズるぞっ」

「マジで！」

バカである。

バズるか、バズらないか。

そんなもの、宗介にはいっさい関係ない。知るかそんなもの、である。

ただ、このキリトリに、ＨＩＲＯが適任というのは間違いなかった。

カタギになった平松をナメくさっている山田のハゲも、よもや自分の姿がユーチューブで公衆の面前にさらし上げられるとは思っていないだろう。子どもや家族もいるのだから、すぐに支払うはずだ。

ＨＩＲＯは再生回数を得て、平松は金を手にする。

リサが聞いたら、「宗介最高じゃん！」と、笑ってくれるだろうか。

第9章　そして人生は続く

「なにやら、ネクストバッターズサークルで、監督と、背番号7番の陣内選手でしょうか、言い争っているように見えますね」

カイトが監督に詰め寄るような仕草を見せた。

「えらく陣内選手が興奮しているようですね、解説の村上さん？」

「これはいけませんね、監督に逆らう光景なんてプロでもありませんよ。それに何ですかね、あの金髪の頭は」

「派手といいますか、個性があるといいますか」

「高校野球は、スポーツマンシップにのっとり、健全な精神でグラウンドに立つのが基本です。監督と言い争うような行為を選手がしたらダメですよ！　スポーツマンシップにのっとらないと」

「9回裏ツーアウト満塁、3点ビハインドで迎えた場面。西宮北高校の仰木監督は、ここで陣内選手に代打を送ろうとしたのでしょうか。それに陣内選手が激昂したかのように見えますが……おっ～と、仰木監督が陣内選手のお尻をポンポンと2回叩いて、バッターボックスに送り出しました！」

リビングで、狂喜乱舞したナツキと悦子の歓声が上がった。

「いけぇっ！　カイッ！」

「カイくん！　頑張れ！」

「1回、2回、3回と素振りをしてから、バッターボックスに入ります。おっと、さらにさらに、レフトスタンドにバットを向けたぞっ！　これは！　予告ホームランの構えだっ！」

「パフォーマンスより、プレーで見せて欲しいですね」

「さっきから、この解説のオッサン、うるさいな、いちいち」

悦子がテレビに噛みつく。

「ほんまや、ええやんな、ばあちゃん！　しっかし、カイは性格は超難ありやけど、魅せるわ」

ナツキが予告ホームランのパフォーマンスに感心している。

宗介はただただ、この試合、最初から最後まで涙を流しっぱなしだった。

テレビの向こうで、あのカイト、自分の息子が脚光を浴びているのだ。

そして、横には娘。

ナツキは「甲子園にはママらが応援に行ってるから、ナツキはばあちゃんちで、パパと見るわ」と言って、やってきていたのだった。ナツキの「ママら」という言葉に、再婚相手の影を連想してしまい、チクリと心が痛んだが、今はそんなことすらどうでもよかった。

カイトが、最高の場面でバッターボックスに立っている。

ここまで、4打席ノーヒット。

1打席目が、審判を睨みつける見逃しの三振。

2打席目がショートゴロで、一塁際どいプレー。アウトと高々と手を上げた一塁塁審を睨みつけた。

3打席目は、投げたピッチャーに打った瞬間、何かを叫んだファーストフライ。

そして4打席目が、そろそろ乱闘でも起きるのではないかと案じたかどうか知らないが、代打を告げようとした監督に、ネクストバッターズサークルで激しく詰めよってからの、ホームラン予告であった。

つい先日、公園で14年ぶりの再会を果たしていたので、カイトの個性の凄さは知っていたが、宗介の予想をはるかに上回っていた。

悦子はひとつひとつのそういった仕草に「あんたに、ホンマそっくりや、あんたにホンマにそっくりや」と繰り返し、ナツキは「きゃっ、きゃっ、きゃっ!」と、お腹の赤ちゃんが心配になるくらいのはしゃぎようだった。

「カイト、陣内やん……」

つぶやいたのは、スターティングメンバーが発表された時だった。

もう、とうの昔にカイトの親権はキヨカに移っている。

実際、ナツキはキヨカの旧姓だ。

てっきりカイトも同じか、再婚相手の姓を名乗っているものと思っていたのだが、
なんと、カイトは今でも陣内を名乗っていたのである。

「カイはママとめっちゃケンカしてんけど、中3のときから陣内になっててん。損しかせんて、ママに何百回も言われてたけど」

キヨカの解説が、地味に刺さる。

「あっ！　ばあちゃん、ごめん！　傷つかんといて」

「ナツキ、わざと言うてへんやんな」

「カイトは、基本いうの、ベースはパパやけど、イケズなとこはママやな」

閑話休題。

いざ勝負——いきなり、その初球であった。

金属バットが打球を捉えた瞬間、カッキーンという音が、気持ち良いくらいに甲子園球場に響き渡った。

宗介にはたしかに、その快音が聞こえたのだ。

レフト方向に白球が大きく、大きく舞いながら、弧を描きスタンドへと吸い込まれていった。

悦子とナツキはさらに狂喜乱舞している。

高々と右手を上げ、人差し指を天に突きつけながら、グラウンドをゆっくり回るカイト。

涙で霞む視界を、何度も何度も手の甲で拭いているとナツキがそれに気づき、

「ばあちゃん、ティッシュ、ティッシュ!」と言って、何枚も宗介に渡してくれたのだった。


翌日。

てっきり「陣内さん、おはようございます! カイトくん、昨日のサヨナラ満塁ホームラン凄かったすね!」と、開口一番に褒め称えてくれるものとばかり思っていたのに、迎えにきてくれたシゲのテンションは低かった。

「どうしてん、シゲ。なんかあったんか?」

ひょっとして、仕事をやめるとか言い出すのではないかと恐れつつ、宗介はシゲに尋ねた。もし、シゲがやめるとなれば、ドライバーは別の人間になり、号車の責

任者も変わってしまう。

もし、その責任者が生意気な野郎だったら、自分は間違いなく怒ってしまうだろう。もちろんシゲが消えても、まだしょうぞうがいるにはいるのだが……。

「じつは陣内さん、すみません。昨日、カイトくんの試合がテレビであるからって、休まれたじゃないっすか。そしたら、しょうぞうがあまりにもダラダラと仕事するんで、バチバチ怒ってしまったんす。それで仕事が終わってから、フォローを入れようとしたら、携帯の電源が入ってないんです。しょうぞう、たぶん飛んだっす」

大事なシゲがやめるのではなく、頼りない方がやめたのであった。

刑務所でいうところの作業拒否である。

「えっ、そうなん！」

「せっかく陣内さんも可愛がってくれてたのに、あいつ。ほんと自分のせいっす！すみません」

どうということもなかった。

宗介は、シゲさえいればいいのだ。

毎朝こうして家まで迎えにきてくれるし、仕事が終われば、家まで送ってくれるので、実際そこまでの支障もない。

だが、シゲはひどく落ち込んでいるようだった。

「こんなん、ようあんのか?」

「今のガキは本当に根性がないんで、よくあるっすね。それでも、まあまあ、しょうぞうはまだ続いた方っす。ちょうど、陣内さんが入る前も若いやつが飛んだばかりだったすから」

だからこそ、シゲの助手で宗介がタイミングよく働くことができたのだった。

だが、コピー機の配送の仕事はスリーマンである。

「ほんなら、これからどうなんねん?」

シゲはため息をついた。

「新しいやつが見つかるまで、当分、70オーバーのじいさんが、ウチの号車にとりあえずのワンポイントで乗ることになると思うっす」

「ま、しゃあないやないか」

若い生意気なやつより、年寄りのじいさんの方がまだマシではないか。

いや、それは大いなる間違いだった。

さらに翌日。

ワンポイントのじいさんと一緒に仕事すると、ウソしかつかない上に、まったく何もしない、ただのじじいであった。シゲがしょぼくれていた理由は、しょうぞうがいなくなったことだけにあるのではないと、よく分かった。

＊

リサが死んでも。

平松が逮捕されても。

なにごともなかったかのように、人生は続く。

そして人生が続くかぎり、働き続けなければならないのが、たいていの人間だ。

「せやで。それでも生きなあかんねん。そうやって、そういう気持ちで、お母さんもあんたを待ってたんやで」

昨日。

グチったあと、悦子に言われたのはひどく染みた。

シゲの厚意で、今週は仕事を休ませてもらうことになっていたが、やはり働くことにした。

皆で重たいコピー機を運んでいるとき、移動中の車でバカ話をしているときだけは、悲しみが紛れる。それから、悦子と食事をしているときも。

なにより楽しいのは、ナツキと一緒のときだが、そうなると、どうしてもリサの顔がチラついて虚しくもなる。

夕食を終えて、自分の部屋に戻ると、すぐにこれだ。

布団に横たわって、塞ぎ込むしかない。

すると、頭のなかが悩みに占領されてしまう。

誰かと話がしたい。

けれど、誰と話せばいいのか分からない。

HIRO、野郎は嫌だ。

シゲ、明日も朝から一緒だ。

しょうぞう、あいつはいきなり飛んだ。

闇金からつまんで追われていたのだと、後で分かった。

面白いやつだったのに。

悦子とは、つい10分前まで夕食をともにしていた。

平松、留置場で同じように寂しがっているだろう。

リサ。

もう、これから先、ずっとリサとは話せない。

そうだ。

ようやく、思いついた。

久しぶりに、兄弟分に電話をしよう。

と、スマホに手を伸ばすと、ちょうど鳴った。

これまた偶然にも、サトシからである。

「兄弟、兄弟。やっぱり兄弟はちゃうわ。ちょうど、おれも電話しよう思うて」

「ほんまかい。そらよかった。兄弟、今からちょっと、いつもの居酒屋にこれる？　話、あんねんやん。紹介したいやつもいてるしな」

「おう、すぐ行くわ」

珍しい。

サトシが、誰かを紹介したいとは。

女か？

サトシは昔から、妙にモテるのだ。

だから、おかしなやつは連れてこないと思うが、もし女なら、こっちが気を遣うようなのはやめてほしい。明るくてうるさいのでもいいし、暗くて喋らないのでもいいが、不細工やデブは勘弁してほしい。

あっという間に、居酒屋についた。

「兄弟、どうしたん、急に？」

サトシの連れは、そもそも女ではなかった。

神妙な面持ちで、背筋を伸ばして座る30歳ぐらいの、小太りの兄ちゃん。

「実はな……明後日に収監やねん」

子持ちししゃもの頭にかぶりつきながら、まるで仕事の出張にでも出掛けるようなゆるい感じで、サトシは言った。

横に座る兄ちゃんが神妙な表情で頷いた。

「何年、行くんや？」

「2年ちょっとです！」

テキパキした声で兄ちゃんが応えた。

「そうか、2年か。おれは14年おったんやけれどもな。長い懲役には長い懲役の、短い懲役には短い懲役の悩みや苦労があるけれどもやな。どれも勉強や思って、大事に務めえや……何したか知らんけど」

宗介は、そもそもこの兄ちゃんを知らない。

知らないのだから、特別なことも言えない。

思いつくのはせいぜい、務めに行く者に対する使い古された言葉だけだ。

「兄弟、兄弟、何言うてんねんな」

ぐいっとビールを流しこんだサトシが、くすくすと笑った。

「懲役行くの、こいつちゃうで。おれが、やで」

「はっ？　どういうことなん？」

意味が分からず、宗介は箸を落としてしまった。

「いやな、兄弟には言うてへんかってんけど。おれ、実は保釈中やってん。それで、保釈で銭積んでずっと引っ張っててんけど、ついに裁判所から収監の連絡がきてな。けっこう引っ張れたし、ちゃちゃっと行って、早よ終わらせてくるわ」

「えっ、兄弟！　兄弟、何それ！　それやったら、何で言うてくれんかったん。いきなりそんなん言われても、おれ、どうすんねんな。っていうか、兄弟、いったいなにしたん？」

先ごろ、宗介が出所したとき、サトシはトラックを運転して3人の子どもを育てる善き父親になっていた。そう思っていたのだが。

「だって、14年ぶりにようやく帰ってきて、社会に溶け込もうとしてる兄弟に、そんなことを言えるかいな。せやろ？　ま、おれはおれで、兄弟がなかにいてるときに色々あってな」

そうして、刑務所に行かねばならなくなってしまった経緯を、ここにきてサトシが語り始めたのだった。

宗介が殺人未遂で逮捕される前、サトシもまた別の組事で身体を賭けて、逮捕されていた。宗介やサトシといった武闘派のいなくなった徳島組は急速に力を失い、宗介より早く出所したサトシにとってさえ、もうそこは戻るべき場所ではなくなっていたのだという。

そのためサトシは組を抜け、若い衆や後輩を連れて東京に進出。一本独鈷で風俗店の経営に乗り出したそうだ。

東京はまさに弱肉強食、群雄割拠だ。綺麗事だけで生き残ることなどできない。サトシや舎弟たちは何度も地場のグループと対立し、乱闘事件を繰り返した。その結果、数件の暴行事件で逮捕されて、懲役2年半の実刑判決を受けることになったというのである。

そこまで説明すると、目の前のジョッキを傾けて、サトシはビールを一気に飲み干した。

「パクられて半年で保釈が通ってな。なにせ商売で銭貯めようと思ってやってきたけど、ま、もう子どもも3人できたし、そろそろ潮時かなって。それで家族連れて尼崎に帰ってきて、裁判中、トラックに乗っててん。おれは兄弟とちがって、何でもできるからな」

サトシがカラカラと笑った。

こういう、気持ちの良い笑い声を出す男は少ない。

ほとんどの野郎は、バカの3種類に収まってしまうだろう。

むやみにデカい声で笑う豪快バカ。

引きつり笑いのような気色悪いしゃっくりバカ。

まるで笑わないバカ。

「2年も裁判引っ張れて、兄弟がこうして帰ってきたのをシャバで待てたし、嫁には、おれが2年おらんでも生活できるくらいの銭は十分に渡してあるから、何も心配はいらんねん」

兄弟分は、大した男だった。

宗介も笑顔で送り出してやりたかったが、それよりも自分勝手な心配が先に立ってしまう。

「兄弟、せやけど兄弟、おれのことも心配してや。まだシャバに帰ってきて半年やで。兄弟がおらんなったら、ボンクラのHIROとシゲくらいしかいてへんやん。とてもじゃないけど、そんなんでやっていけるかどうか」

それは実際、本音であった。

この塀の外の、あまりにも複雑で恐ろしいシャバの世界でどうにかやってこられたのは、仲間たちの助けがあったからだ。

ようやく、ムショぼけも抜けてきたかと思ったら、リサが命を落とし、平松も塀のなか。

今度は、サトシが懲役。

考えただけで、吐き気がする。

不安がのど元までせり上がってくる。

「そんな、おれに、どうせえいうねん」

つい、弱音を吐いてしまった。

「なにを兄弟、独房思い出してみぃ。あんなところに戻りたいか？　そんなわけないやんな。シャバでは腹が減ったらメシが食えて、いつでもお菓子だって食べれる。毎日が集会やないかっ」

たしかに、刑務所でお菓子が食べられるのは、素行良好の受刑者でも、月に1度だけ。宗介のような暴れん坊の口に甘食が入るのは、祝日だけだ。それも、100円程度のお菓子。

「それを思えば、シャバはこうして居酒屋で就寝時間を気にせんと酒も飲めて、のんびり話もできて。私語を慎めとか、バカみたいなこと言う刑務官もいてへん。なっ、ええとこやないか」

ムショに入るのは自分なのに、サトシが宗介を励ましていた。

「今から、その世界にまた戻らなあかんのかって思ったら、ちょっとぞっとするけどな」

不安なのは、サトシも同じなのにもかかわらず。

「そりゃ、そうやな。兄弟、自分のことばかり言うてしもて、ごめんやで」

14年務めた経験があるからといっても、それより短い2年を楽勝だ、とは決して言えない。嫌なものは、嫌なのだ。

それがたとえ2年でなく半年でも、3カ月でも、とにかくムショは嫌だ。行ったやつなら分かる。

まっぴら御免だ。

「ま、しゃあないねんけどな。おれがやったことやし」

沈みゆくムードを蹴とばすように、サトシがテンションを切り替えた。

「姉ちゃん、生ビール2杯、おかわりな！　なあ、兄弟！　おれがしばらくお務めする、そんなんはどうでもええねん。そんな話で兄弟を呼んだわけやないねん。こいつ、フクっていうねんけどな」

ようやく、隣の兄ちゃんの名前が分かった。

緊張した顔でサトシの横に座り、姿勢を崩さず、目の前のビールにも料理にも箸をつけていない、フク。

「こいつ、おれが東京で風俗やってたときの番頭やねんけど。兄弟、フクは信用できる。それで嫁や子どももいてへんから、身軽やねん。でな、どうや、おれのおらん間、こっちきて働いてみいへんかって。そう連絡してみたら『はい、行きます』言うてな。昨日、東京から来てん。兄弟のところの配送の仕事で、兄弟と一緒に助手で働かれへんか？」

実は数日前、ちょうど、しょうぞうが飛んでしまい、スリーマンに欠員が出たばかりだった。

「福田寿雄（ひさお）といいます！　自分は、社長から陣内さんのことを聞かされていて、ずっと尊敬していました」

尊敬──ずいぶん久しぶりに耳にした。本当にかすかな記憶の中でしか覚えていない表現だ。

「自分、ずっと、陣内さんのツイッターを見ています」

「へっ？　あのフクか！」

「そうっす！」

なんとフク、知らぬ仲ではなかった。

宗介は、これまで980人をフォロー。

にもかかわらず、フォロワーはわずか数人。

一応、毎日つぶやくようにしていたが、「いいね」をしてくれるのは、毎度ひとりだけだった。アカウント名、フク。

「そうなんか！　でも何で、そのツイッターが、おれやって分かったん？」

「だって、そうすけってアカウント名で、ツイッターをやられてるじゃないですか。それにプロフィール欄に兵庫県尼崎市って書かれているし。それで、社長から陣内さんのことを聞かされてたんで、これかなって思いまして、アカウントを探し出しました」

ニヤニヤしながら、サトシが言う。

「おれはツイッターやらんからよう知らんけど、兄弟のアカウントはぜんぜんダメなんやろ? よう愚痴ってたやんか。ほんでも、こいつは勝手に、兄弟を探し出したわけやから、なかなかの者やと思う。兄弟、フクは役に立つ。面倒みたってくれ。とりあえず、乾杯しようや」

サトシがジョッキを持ち、フクも合わせてジョッキを掲げた。

宗介の贈る言葉。

「2年くらいあっちゅうまや。笑いながら行ったる……って、それは兄弟のセリフか。乾杯!」

残された人生のなかで、かけがえのない仲間をどれだけ得られるだろうか。


帰り道。

酔った頭でレンタルビデオ屋に寄った。

「おいっ、サトウ。これなんかどうや? この前の洋画はイマイチやったど」

「えっ! あれっ自分の一推しなんすけどね、おかしいな。でも、それだったら、ボス! ちょっと、こっちに来てもらっていいっすか」

家の近所のレンタルビデオ屋の店員サトウは、いつの間にか、宗介のことをボスと呼ぶまでに成長を遂げていたのだった。

そして、ヤクザ映画とグーニーズしか知らなかった宗介にふざけたコメディ映画を教えてくれたのである。

「おい、バカっ！　そっちは、アダルトコーナーやろがっ。そんなもん借りれるかい！　娘が遊びにきたときに見られたらどないすんねんっ」

サトウが振り返る。

「ボス、声がでけえっす！　ちがうっすよ！　こっちに名作コーナーを隠してるんすよ」

宗介は笑って、サトウの背中を追った。

平和な夜だった。

第10章　たそがれ

フクのマンションは、悦子の家から歩いて10分もかからない場所にあった。

そして、サトシは2日前に裁判所へと出頭し、そのまま拘置所に収監され、シャバをあとにしたのだった。

「えらい綺麗に掃除してあんな」

宗介は、フクの部屋を見回した。

テレビにベッド、本棚にソファ。

キッチンもきれいに整頓されている。

「そうですか。東京でもずっとひとり暮らしだったんで、炊事洗濯はいちおう自分でできるんですけど」

目をキラキラさせて、フクが返事をした。

まったく、誰かさんとは大ちがいだ。

「なんだよ、兄貴。勘弁してくれよぉ」

隙があればタメロになるHIROのバカに、フクの爪の垢を煎じて飲ませたい。

「ほんなら、ぜんぶ自分でできんなら、別に彼女いらんやん」

「それは本当に別なんです。本気で彼女を探してるんですっ！」

力強い声。

彼女募集の本気度数は、かなり高そうだ。

「今日、ほんまに泊めてもうてええんか」

数時間前のことであった。

いきなり、悦子から宣言されたのだ。

「宗介、言うの忘れてた！　今日から、あれやわ。サツキらがみんなで泊まりにくるから、明日まで仕事休みなんやろう？　ちょっと明日の夜まで、どっか泊まりにいってくれん？」

悦子の姉家族が夏休みに孫を連れて泊まりにくるので、ただちに「ガラをかわせ！」と言うのである。

なぜ、カタギになった宗介がガラをかわさねばならないのか。

簡単である。

宗介が悦子の家にいると、姉のサツキたちが悦子のところに来ないからだ。

姉妹といっても、宗介がヤクザになってからはずっと、悦子とサツキの仲は冷え切っていた。

そこに、あの抗争事件だ。

新聞から雑誌、テレビのニュースにも取り上げられたのだ。

刑期を満了したとて、そのツケが一気に清算されるわけではない。

長き務めを終えて、社会へと運よく復帰できたヒットマンたちは、大なり小なりこうした扱いを受けるものだった。

宗介は、まだ幸運かもしれない。

母の悦子がおり、ナツキやカイトとも再会できた。

結局、社会にいても、刑務所にいても、出世するやつは出世するし、ダメなやつはダメということなのか。

「全然、大丈夫です！　何日でも泊まっていってください。自分は社長にお願いして、無理に兄さんの近くに置いてもらい、仕事まで紹介してもらって一緒に働けてるんですから、最高です！」

フクは宗介のことを「兄さん」と呼ぶようになっていた。

「これで彼女ができたら文句なしやの」

「ですね！　ほんと、あとは彼女だけです！」

その気持ちは宗介も同じなのだが、44歳にもなって、今さら女を探すというのも……まだ自分自身のことさえままならない刑務所帰りに、女を作る甲斐性など到底なかった。

「フクやったら、ええ男やし、見てくれも悪くないから、彼女くらいすぐにできそうやけどな」

「誰でもいいってわけにはいかないんで」

その通りなのである。

人には身の丈というものがある。

率直に書けば、フクはその点だけでいうと、身の程知らずだったのだ。

とにもかくにも、顔——そのレベルは、アイドル、タレントじゃないと普通に無理だろうということを、平気で理想に掲げていたのである。

それでも、宗介にだって一宿一飯の恩義はある。

「ま、心配すんな。おれに任せとけ！　兄弟が帰ってくるまでに、フクにはフクの理想通りの彼女を見つけ出したる」

「えっ、マジっすか！　兄さん、宜しくお願いします」

もちろん、アテなど微塵もなかった。

でも、フクが喜んでくれているのだから、これで恩義を返せるのなら、安いものである。

「で、兄さん。具体的にどうやっていかれるんですか」

「へっ?」

　サトシの出所はまだ2年は先である。

　それなのに今から、もう段取りに入ろうというのか。

「女の子、まずは明日からでも……順番に紹介してもらえるとありがたいです!」

「とりあえず、そうやなぁ」

　明日の夜に、悦子でも紹介してやるか。

　やや面倒になったので、アイフォンの画面をタップして、フクから目を背けたのだった。と、そのとき……初めまして。

　ツイッターに、ダイレクトメッセージ。

「うぉっっっっ!　おいっ!　フク、おいっ!　これ見てみ!」

　宗介は、我が目を疑った。

「えっ!　これって、あの、たまにテレビとかに出てる元ヤクザの作家ですよね。DMきたんですか?!　すげえっ」

「そうやねん!　今みたらきてててん!　昨日の夜にHIROに電話して、DMの送り方きいてん。それで送ってみてん。あのボケ、『兄貴、あのクラスに送っても、返信どころか読んでくれるわけないじゃん』って、鼻で笑っててんけど。なんや、きとるやんけなっ！　あいつ、ほんま次に会うたら、またユーチューブやるの禁止せなあかんな」

興奮しながら言うと、宗介はＤＭに目を落とした。

……初めまして、ＤＭを読みました。14年の務めを果たして、社会復帰したとのこと。長き懲役、誠にご苦労様でした。

相談にあった、その時の刑務所で書いた日記を獄中記として出版できないかということですが、結論から先に述べます。

とても興味深い原稿ですが、今の段階で、いきなり本を出版するは難しいと思います。お力になれず申し訳ありません。

ですが、ひとつの方法として、とりあえず、わたしが運営しているサイトに1話ずつアップし、配信することはできます。そこでおもしろければ、出版社から声がかかる可能性もなくはないです。

もし、それでもやりたいというのなら、末尾に添えたＧメールに、データ化した原稿を1本・１５００字程度で送ってください。

社会は14年の間に随分と変わったように感じることと思いますが、とにかく焦らず大事にやってください。応援しています……


最後に、Gメールのアドレスがあった。

まだ鼓動がドキドキしている。

小さな頃から、文章を書くのは好きだったので、塀のなかでもずっと日記をつけていた。それを本にできないかと相談してみたのだ。どうせ返信はないだろうと思っていたので、随分と厚かましい頼みではあったのだが、丁寧な返信が届いたのだった。

宗介はなんだか久しぶりに、世の中が動いたような不思議な感覚を味わった。

「フク！　もし、おれが有名になってＨＩＲＯのことは忘れたとしても、フクのことは忘れへんからな」

「大丈夫です！」

フクのはっきりした返事。

やや気にかかる。

もしかしてこやつは、おれは絶対に有名になんてならないから大丈夫だと思っているのだろうか。

「っていうか、フク。データ化でGメールって、どういう意味なん？」

まずはそのあたりから、始めていかなければならないようであった。

アイフォンが鳴った。

「なんやっ！」

ＨＩＲＯだ。

「なんやちがいますよっ！　兄貴が平松のオッサンの債権を取りに行ったら、絶対にバズるっていうから行ったのに、ユーチューブのアカウントが停止になってもうたやん！　どないしてくれんねんな、兄貴！　兄貴が『行け』言うたから行ってんからなっ！　責任とってや！」

電話の向こうのＨＩＲＯ、いつの間にか関西弁を喋っている。

宗介はくすりと笑った。

シャバは、だからおもしろい。

宗介！

最高じゃん！

どこからか、リサの声が聞こえてきたような気がしたのであった。

＊

「兄貴っ、本当、どうしてくれんだよ！　おれの登録者数25万人超えてたんだぜ！　そのアカウントが兄貴のせいでバンだよ、バン！　兄貴、マジどうすんだよ！」

宗介は、キンキンに冷えたアイスコーヒーをストローで吸い上げた。

ほら吹きのＨＩＲＯ。

話を大きくするばかりのＨＩＲＯ。

ゴツい身体で、喧嘩の弱いＨＩＲＯ。

こいつは、昔から変わらない。

たしかに、ここ最近、ＨＩＲＯのチャンネルの登録者数は増加していたが、それでも25万はいっていなかった。せいぜい23万を超えたところだ。

あのリサには及びもつかない。

「お前はほんまに、なんべん同じこと言わせたら気が済むねん」

「いやいや、いくら兄貴でも、今回ばかりは何度だって言わせてもらうぜ。25万だよっ、25万！」

「そんなん、どうでもええんじゃっ！　なんでオノレはタメロなんじゃっ」

喫茶店の店内が刑務所の工場の作業中かのように、一瞬で静まりかえる。

シャバではやってはいけないことだが、それでもなんだか、突然の静寂に懐かしさを覚えてしまった。

刑務所から社会へと帰ってきた頃は、とにかく社会の喧騒に慣れるまで随分と時間がかかった。それはそうだろう。

塀のなかでは、私語が禁止の時間帯に、刑務官の許可もとらずに会話をすれば、不正口談といって懲罰の対象になってしまう。

シャバのように、至るところで思い思いに話しあったり、音楽や物音が四方八方から聞こえてくるような状況は存在しないのだ。

「なんだよ、兄貴。もっと真剣に考えてくれよ」

なぜ、せっかくの休みの日に、宗介はＨＩＲＯと一緒に、喫茶店でお茶などしているのか。

ほら吹きのＨＩＲＯ。

話を大きくするばかりのＨＩＲＯ。

ゴツい身体で、喧嘩の弱いＨＩＲＯ。

昔からバカにしているのに、どうして宗介はＨＩＲＯから離れられないのか。

答えは明白である。

ＨＩＲＯと同じように、宗介にも友達がいないからだ。

「お前な、普通に考えれよ。おれが何か考えたくらいで、ユーチューブの登録者が増えると思うか。おれはただのムショ帰りやぞ。それにな、そもそも、なんでお前のユーチューブのアカウントがバンになったんが、おれのせいやねん」

「だってだって、兄貴が平松のオッサンの債権回収をやれって。そんなの、これまで誰もユーチューブでやってない企画になるはずだからって言ったんじゃん！」

そして、ＨＩＲＯはキリトリを実行した。

再生回数も跳ねるかと思われたのだが、「元極道のＨＩＲＯでぇ〜すっ！」などと言って、山田インテリアのハゲオヤジから現金を回収してしまったせいで、ユーチューブの運営サイドを大きく刺激してしまい、アカウントがバンになってしまったのだ。

「そんなもん、お前の自業自得やんけ。おれは知らん。今度からは、元ヤクザになりかけたことがある大ボラ吹きのＨＩＲＯでーす、でやれや。ほなな。帰るから、ここ払っとけよ」

席を立とうとすると、ＨＩＲＯが慌てて止めた。

「ちょっちょっちょっ……ちょっとまってくれよ、兄貴！」

「なんやねんっ。聞ける話やったらまだしも、おれに言うてもしゃあない話をいつまでもしても、どうもならんやろがい」

「コラボさせてくれよ」

「誰とやねん？」

宗介に友達がいないことは、ＨＩＲＯこそよく知っているはずだが。

「シゲとかいう子とだよっ」

「はっ？」

何を言ってんだ、コイツは――でも面白そうなので、シゲに振ってみよう。


翌日の夕方、突然の大雨。

宗介は、トラックの駐禁番。

「びっしょびしょになったっすよ」

そう言いながら、シゲが運転席へ。

そして「お疲れ様ですっ」と、フクが助手席から乗り込んできた。

しょうぞうの後釜に、フクはぴったりだ。

「おつかれ。ふたりとも、タオルでよう頭ふいとけよ。風邪ひくぞ」

助手席の窓を下げ、ダッシュボードに置いていたセブンスターに手を伸ばす。

一服つける。

禁煙しよう、禁煙しようと思ってはいるのだが、なかなかタバコをやめられない。

「陣内さん、めちゃくちゃ美味そうにタバコ吸いますよね」

フクはとうの昔に禁煙して、それ以来、1度も吸っていないらしい。

「いや、もうやめたいねんけどな」

中毒とは、そういうものだ。

ニコチン中毒。

アルコール中毒。

ポン中。

法律に反していようが、身体を痛めつけようが、一時の快楽だけで人を狂わせるモノがある。ひょっとすると、それはモノだけでなく、渡世という生き方にも備わっている気持ち良さなのかもしれない。

それとも、やむを得なさと言った方がいいのか。

宗介は、黄昏(たそが)れてしまった。

窓から入る風も、心なしか和(やわ)らいで感じる。

なでるように身体に纏(まと)わりつく。

「ここんところ、けっこう疲れも溜まってるんじゃないですか。昼からは楽勝っすから、ゆっくり座っててください」

シゲは、いつでも優しい。

まただ。

黄昏れちまう。

拘置所の雑居房でラッパを吹いただけの自分に、おまけに転房で逃げ出した自分に、どうして、こんなに親切にしてくれるのか。

「そうすよ、兄さんっ！　シゲくんとあとはやりますんで、今日はのんびりやってください」

フクとシゲが頷きあった。

「かまへん、かまへん。ぜんぜん大丈夫や。今日は終わったら、久しぶりに一杯やろうやっ、おっ、あれ？」

セブンスターの横に置いたアイフォンが着信音を鳴らしながら振動している。

だが、いつもとちがう音。

適当にいじっているうちに、間違って着信音を変えてしまったのか。

「あっ、それ、兄さん。ライン電話ですよ」

察したフクが教えてくれた。

そうか。

そういえば、ラインで電話ができると聞いたことがあったが、試していなかった。

最後に、リサに送ったライン。

なかなか既読がつかないことが気になり、ライン電話をかけてみようかと思ったこともあった。

だが結局、宗介はかけなかった。

唯一、ライン電話をかけようとしたのはあのときだけで、そのあと現在に至るまで、かかってきたことも、かけたこともなかった。

「そうなん、誰やこれ？」

画面に表示されている待ち受け画面にも見覚えがない。

「ラインの設定で、誰でも登録できるようにしてしまってんじゃないっすか。知り合いかもって、よく出てこないっすか？」

今度は、シゲが言った。

たしかに、ラインを開くたびに、そんな表示が出ていたような気もする。

アイフォンをマスターし、すっかりカタギの暮らしに染まった気でいたのだが、ラインにそんな機能が存在するなどまったく知らなかった。まだまだ、シャバは奥が深い。

着信音を奏で続けるアイフォンの着信ボタンをタップした。

「はい」

「じんちゃん、オレオレ。この前は久しぶりやったのに、なんかへんな感じになって、ごめんなっ」

オレオレ詐欺か。

だが、じんちゃんと言っている。

少なくとも相手は、おれのことを知っているようだ。

「あんた、誰？」

「えっ、おれやん！　オレオレ、林やん！」

林か。

宗介は、一気に脱力感に襲われた。

林は、徳島組の賭場に出入りしていた、灰色のカタギだ。

今なら密接交際者と呼ばれるが、昔はそんな呼び名はなかった。宗介が塀のなかにいる間、徳島組が崩壊したあと、林は敵対組織である我楽会のフロントになったらしい。

人を介して宗介の出所を知ったようで、ひと月ほど前、いきなり家までやってきて、悦子を心配させてしまった。

やむなく喫茶店に連れていくと、「小遣い稼ぎになる」と得意気に生活保護の不正受給を持ちかけられたので、すぐに追い返したのだった。

「なんやねん。役場でウソの演技して、金せびるようなマネはやらへんどっ」

林は電話の向こうで、引きつり笑いをしてみせた。

コイツは、昔からそういうやつであった。

強いやつ、強そうなやつに会うとなんでも笑いで誤魔化そうとする。弱いものイジメばかりが得意な人間。

「そんなん、ちがうって。今、ちょっとだけかめへん？」

「今、あかんわ」

「待って、待って。今ちゃうから、今夜、今夜。ウチの叔父貴がな、どうしてもじんちゃんに会わせて欲しいって言うてはんねんやんっ」

生活保護を不正に受給している人間が、なにがウチの叔父貴だ。

「のう、林。だいたい、ウチの叔父貴って、誰やねん。役場の生活保護課のオッサンかいっ。幸い、おれはC肝でもないし、ちゃんと働けとるから大丈夫やって言うとったれや」

C型肝炎は、生活保護の不正受給に大活躍する。

この病気はそのまま放っておくと、肝硬変へと発展しかねないれっきとした病だが、その原因の多くが、覚醒剤の回し打ちによるものだったらどうだろうか。

何十年も真面目に働いて年金を納めてきた人々の定年後に支払われる年金よりも、生活保護の方が月々受給される金額が多く、優遇されてしまっているのだ。

もちろん本当に国が生活を保護してやらなければならない人らは別であるが、働けるのに働かず――覚醒剤の回し打ちなどによりC型肝炎にかかり――それをよいことに国に守られて遊んでいるような者を、宗介は心底軽蔑していた。

いや、自分がカタギとして働くようになってから、軽蔑するようになったのだ。

「もう、じんちゃんっ、ホンマ冗談きついわ。へへへ。この前、おれ言わんかったっけ。今、おれ、我楽会のカシラのフロントになってるって。そのカシラの、長島の叔父貴が、どうしてもじんちゃんに会わせてくれ言うてはんねんっ。じんちゃんも我楽会知ってるやろう」

我楽会、もちろん知っている。

宗介やサトシが現役だった頃には、道の端っこを歩いていた連中だ。

「今、尼崎(アマ)は我楽のシマになってんねん。そこのカシラが直々にじんちゃんに会いたいって言うてはんねんで！　じんちゃんのジギリを長島の叔父貴がごっつい評価してはんねん！」

ふむ。

この前、勝手に家までやってきてインターフォンを押したときには、呼び捨てだった。だが、長島という人間が評価しているから、今度は「ちゃん」付けになったのか。

そもそもフロントとは、企業舎弟のことだ。

舎弟とは、つまり弟である。

林は最初、我楽会の若頭(カシラ)の企業舎弟だと名乗った。

それなら、我楽会の長島なる者は叔父貴ではなく、兄貴だ。

しかし、ヤクザのイロハも知らないような男に、そんな細かなことを指摘したところで仕方ない。

「あぁ、なんか言うとったのう。今は、尼崎を押さえてるとか、なんとかって。ほんならオノレは、その長島さんとかいう人のことも押さえとんのやな。やっぱり14年って歳月は、人をかえんねんなっ。それはそれは、凄いこっちゃ」

「じんちゃん、もうやめてえや。ちがうねんて。じんちゃんは、もうヤクザをやる気はないんやろう。でも、いくらカタギになったいうても、尼崎にいてたら、揉めることも出てくるやん」

もし揉めることが出てくるとすれば、それはオノレらがイキりよるからであろう。

「叔父貴もな、それを心配してくれてんねんっ。ほんまやったら、組織の功労者やのに、そんな思いをさせたったらあかんってな。我楽会のカシラがじんちゃんのバックについてるって分かったら、誰もじんちゃんによう逆らわへんようなんで。せっかくの機会やし、長島の叔父貴と会っときって。絶対に損はせんから、なっ！　じんちゃん！」

絶対に損はせんから。

そんなわけはない。

これは何度でも強調しておきたい。

ヤクザと知り合いになる。

誰であれ、これが損の始まり。

損しかしない。

間違いない。

じんちゃん、じんちゃんちゃん。

なあにが、じんちゃんじゃ。このフロント小僧め。

「すまんなあ、今日はどうしても用事あるから行かれへんけど。くれぐれも宜しく伝えとって……」

そう返して電話を切れば、この話は終わる。

「兄弟、なあ、おれのおらん間はグッと辛抱してや。短気はなしやで」

サトシの言葉を頭のなかで何度も再生する。

「じんちゃん、なっ、長いこと修行に出とったから、状況変わったん分かれへんかもしれんけど……」

なんだか、自分の14年間がバカにされているような気がする。

そう感じてしまったら、しまいだ。

宗介は声色を変えた。

「こらっ林。お前どうせ、陣内は自分の後輩なんすよって。また調子ええこと言い回したんちゃうんかい。それで、やったら、ちょっと呼んでくれやってなったんやろがっ。そもそもお前、おれのことをナメてんやろうっ。ナメてるから、そんな口をきけんねんのっ」

「えっ！　どうしたんっ、じんちゃん、どうしたんっ！　ナメてへんて、ぜんぜん、なんでっ！　なんでっ！　急にどうしたんっ」

フクが横から、宗介の袖を引っ張る。

その向こうで、ハンドルを握るシゲは前方を向いたまま、顔面を硬直させていた。

「ほんなら、誰がおれと尼崎で揉めれんねんっ。こらっ、どこのどいつが、おう、言うてみい。仮に揉めたらあれかいっ！　おれは誰かがケツについてな、ケンカもできんのかいっ！」

「じんちゃん、ちがうって、そういう意味で」

林の戯言を、宗介は怒声で掻き消した。

「どういう意味もこういう意味もあるかいっ！　オドレ、今どこにおるんじゃ！　おれはな、もう誰にも迷惑かけれんから、真面目に汗水流して働いとんねんっ！　それを邪魔したり、アホにしたりするんやったら、誰でもケンカしたんぞっ」

勢い余って、ダッシュボードをガンガン蹴り上げる。

握りしめた左手は、今にもガラスを叩き壊してしまいそうだ。

我楽がなんぼのもんじゃいっ！

長島でもなんでも連れてこんかいっ！

そんなフレーズが舌先まで転がり出る直前、「兄さん、すんません！」と、フクがアイフォンを奪い取った。

「すんません、自分、フクいうもんですけど。もう陣内の兄さんはカタギで、いま一所懸命働いてらっしゃるんですよ。我楽会の人らに限らず、組員の人らと会ったりできないんです。それにまだ仮釈中なんです。せっかくのお誘い申し訳ありませんが、今の話は聞かなかったことにさせてください。

それと林さんでしたっけ。もう兄さんに電話かけてこないでもらえますか？ 自分も兄さんに何かあったら、兄貴が帰ってきたときに、ただじゃすまないんです。それでも、まだ兄さんに用事あるようでしたら、自分が聞かせてもらいますんで、自分に電話もらえますか。電話番号言って、よろしいですか？」

まるで落語家のように一方的にしゃべくり、自分の携帯の番号を林に告げると、フクは電話を切ったのだった。

「フクちゃん……すげえ」

シゲがフクの顔を一瞥(いちべつ)し、驚いた表情を浮かべている。

「兄弟、フクは使えるで！」

あの夜、塀のなかに向かう直前のサトシの言葉が脳裏によみがえった。

「出しゃばったマネして、すんません」

アイフォンを宗介の右手に戻して握らせつつ、フクが言う。

「兄さん、自分は兄貴と同じくらい兄さんのことを尊敬してます。ですので、兄さんは思うがままに突き進んでください！　あとは、自分が処理します。ただ、短気だけは起こさないでくださいね」

フクが急に頼もしく見えた。

「フクさんって……すげえ頼もしいんすね」

今の今まで、「フクちゃん」と、すこし上から口調で喋っていたシゲが、急に態度を改めて、遠慮気味に「フクさん」と呼び始めた。

「シゲってあれやな。まあまあ分かりやすいでな」

「えっ？　何がっすか。えっ？」

「いや、なんでもない」

「もう、陣内さんっ。やめてくださいよ、その意味深発言！　なんか、妙に含みあるじゃないですか」

宗介はクスリと笑って、流れゆく窓の景色に目をやりながら、タバコの紫煙を吐き出した。

「さて、今日も、あとは荷物を下ろして、宵積みするだけやな。そうや、今日仕事が終わったら、なんか用事あんの？」

タオルを頭にかぶり、トラックを出発させたシゲに尋ねた。

「ちょっとくらいなら大丈夫すよ」

「自分も空いてます！」

窓側の助手席から、フクが勢い込んだ。

「いや、フクは大丈夫やねん。ほんならすまんけど、シゲ、ちょっと頼むわ。おれの舎弟の、HIROいてるやろう？」

「ユーチューバーの、あれですよね。知ってます、知ってます。なんかリアルにキリトリやってバンされちゃって」

「せやねん、せやねん。おれが冗談で言うたら、あいつ本気にしよって」

「はっはっは、ヤバいっすね。新しいアカウントのやつも見てますけど、ぜんぜん数字伸びてないっすよ」

シゲはもともとユーチューバーとしてのＨＩＲＯを知っているが、面識はない。ＨＩＲＯもまた宗介からシゲのことを聞いていたので、存在は知っていた。

そこで、ＨＩＲＯが悪知恵を働かせたのだ。

以前に配信した「実録ムショのなか」シリーズの反響が忘れられないようで、オレオレ詐欺で懲役経験のあるシゲを、自分の新しいアカウントの番組に出したいと頼んできたのである。

最初は断ろうとした宗介だったが、結局、協力することにした。

考えてみれば、リサを紹介してきたのはＨＩＲＯだったし、ナツキとの再会をセッティングしたのも、間接的にはＨＩＲＯであった。あんなバカでも、またいつ役に立つ時がくるか分からない。

「ちょっと、シゲに手伝って欲しいことがあるみたいやねん。このあと7時、おれの家の近くの喫茶店あるやろ。手間でごめんやけど、あそこに行ったって欲しいねん。ＨＩＲＯがいとるわ」

「えっ？　マジっすか。いいんすか。ヤバ！　有名人に会えるなんて、マジ、おれ、緊張してきたっす！」

シゲは思いのほか、喜んでいた。

あっという間にその緊張は幻滅に変わるだろうとも思ったが、ややこしくなりそうなので、HIROの用件までは伝えなかった。

実録ムショのなか。

シゲは、まず間違いなく出ないだろう。

会えば分かることだ。

HIROの人間性についても……。

「良かったすね。シゲくんっ」

何も知らないフクが、シゲの様子を見て、嬉しそうに言った。

その、かいつまんだ話を聞いているナツキも、なにやら嬉しそうである。

「それで、シゲくんはHIROくんにユーチューブに出されるとか何も知らんと、嬉しそうに会いにいったん?」

テーブルで頬杖をつきながら、好奇心いっぱいの表情で、クリームシチューを食べる宗介を見ている。

仕事から帰ると、ナツキが遊びに来ていた。

それだけで、悦子も宗介もテンションが上がる。

「なんで言うたらへんの、かわいそうに。そんなん、シゲくんも家族がおるのに、刑務所の話なんてしたないやろう」

悦子がキッチンで洗い終えた食器を拭いている。

「しゃあないやん。先に言うたら、シゲも行かんかもしれんやろう。とりあえず行って、嫌やったら断ったらええねん。それだけでもＨＩＲＯには十分、恩は売れるしな。シゲはミーハーやから、案外、今頃、ＨＩＲＯと意気投合して、ユーチューブを一緒に撮ってるかもしれんで」

口の中で、トウモロコシの甘味が広がる。

これまで食にはまったく興味がなかったが、14年の刑務所生活で味というより、ありがたみが分かるようになってきていた。

テーブルの上のアイフォンが鳴った。

幾分、けたたましく感じなくもない。

シゲからであった。

「おっ？　あいつ盗聴してるかもしれんな。噂をすれば、シゲからや。お疲れっ」

宗介は着信ボタンをタップし、のんびりとした声を出した。

「お疲れっ、じゃないっすよっ！　なんなんすかっ、こいつ！　マジいらつくんすけど、もう帰っていいっすか！」

シゲの後ろから、ＨＩＲＯの声も聞こえてくる。

「帰れっ、けえれっ！　ほんと、マジ使えねっ！　だから、ど素人は嫌なんだよっ、まったく」

「なんだと！　お前っ、お前、前から思ってたんだけど。エセ標準語で業界人ぶってるか知らねえけどよ、それマジ、くっそだっせえぞ」

「テメーさっ、年下のくせに誰に言ってんだよ！　オメェだって、尼崎みたいなクソローカル住んでんなら、でんがな、まんがな言ってろよっ！　マジＮＧだわ」

「だから、出ないって言ってんだろうがっ」

宗介は、そっと通話の終了ボタンをタップした。

ナツキが、好奇心いっぱいのクリクリッとした眼を宗介に向ける。

「どうやったん！　パパ、なんて、なんて？」

凄く楽しそうである。

悦子もキッチンから、食卓へとやってきた。

年齢に関係なく、女性と懲役は他人の話が好きらしい。

「なんか仲良くやってるみたいやったで。オカン、クリームシチューのおかわり、ちょうだいや」

「なんや、つまんないのっ。あっ、もう8時なるやん！　ばあちゃん、パパ、ナツ帰るねっ！」

ナツキが、慌ただしく席を立った。

「走ったらあかんてっ！　気をつけて帰れよ。帰ったら、ラインくれなっ」と言ったが、聞こえただろうか。

……パパ、ナツな、好きな子ができてん。

……えっ、誰なん？　同じクラスの男の子？

……パパだけに教えてあげるねっ！

あれは、14年前の夏だった。

ナツキは小学校1年生、カイトは幼稚園に通い始めていた。

毎年、正月と盆には、キヨカと家族4人で悦子のもとへ行った。

いつもはのんびりだが、あの数日だけは落ち着かなかった。

宗介の属する徳島組と上島組の抗争は、激しさを増していた。

死人も、互いにひとりずつ。

発端は、つまらないことだ。

飲み屋での口論から、徳島組の者が上島組の人間を刺し殺してしまったのである。

理由がどうあれ、酒が入ってのケンカは、ヤクザの世界では禁じられている。ましてや殺しなど。

本部を通じて、相手組織に5000万の見舞金を持ち、組長の徳島と若頭の平松が謝罪に向かうことに決まった。

「おっ、お前ら、事務所に詰めとけよ。何かあったら、すぐに動けるようにしとけよっ！　ワシに何かあったら、オドレら全員、絶対に許さんど！」

なんで、おれらを許さんねん。

何かあったら、許したらあかんのは普通に向こうやろうが。

事務所に組員を集めて、ヒステリックな声を上げる組長の徳島を、宗介は白々しい眼で見ていた。徳島の横ではでっぷりと太った平松が、額の汗をハンカチで忙しなく拭きながら、顔を強張らせている。

「そんなに怖いんやったら、ヤクザやめたらよろしいやん」

ついつい、心の声を口に出してしまった。

「いま言うたのは、誰じゃ！」

皆の視線が宗介に注がれる。

徳島がヒステリックな声をさらに高めて、喚き散らした。

仕方ない。

口から出てしまったものは、仕方ない。

名乗りあげるしかなかった。

「コイツですっ」

「ウソやんっ」

HIROを指差した。

サトシが「あっははははっ」と、声に出して笑った。

「誰じゃっ！　何がおかしいんじゃっ！」

100人も200人も持つ組ではない。

事務所のなかには、12人しかいないのだ。

笑ったのがサトシで、「ヤクザやめたらよろしいやんっ」と言ったのが宗介だということは一目瞭然である。

仕方あるまい。

宗介は口を開いた。

「また、こいつですわ」

「なんでやねん！」

と言ったＨＩＲＯの顔面に平松の拳がめり込み、後方へと吹き飛んだ。

しょうもない組織だった。

内にばかり強く、外にはからっきしの、本当にどうしようもない組だった。

その後、本部が介入してきたこともあり、組員たちが事務所で待機するまでもなく、あっけないほど簡単に和解が成立したのであった。

だが、事態はすぐに急変することになった。

和解からわずか1時間後――金属バットで武装した8人の覆面グループにキャバクラで襲撃され、サトシの弟分が殺されてしまったのである。

サトシはすぐに、徳島組長と平松若頭に詰めよった。

「もう済んだんや！　済んだ話を蒸し返すな！　これであいこやっ、あいこっ！蒸し返すな！」

徳島はヒステリックな声を浴びせた。

「そうかいっ、済んだんかい。ほんなら蒸し返したらっ！」

激昂したサトシはひとりの舎弟を連れて、相手方の組織にダンプ特攻し、カチコミをかけた。

　その報復もすぐであった。

　今度は、徳島自身が自宅前で弾かれたのである。

　本部は表向き和解の姿勢を崩していなかったが、裏では平松が頻繁に呼ばれ、執行部から、相手方の組長を殺るように催促されて頭を抱えこんでいた。

　そんな最中の帰省だった。

「オカン、ちょっとええか？」

　宗介は、孫たちと遊んでいる悦子を手招きした。

「すまんっ。今ちょっと組内がバタついてて。会費と出物（臨時の徴収）が溜まってんねん。正直、家賃も払われへんねんやん。すまんけど、30だけ、今回は絶対に返すから、貸してくれへんか。頼む！」

　もう何度目だっただろうか。

　言葉とは裏腹に、これまで300万円も悦子に借りていた。

「あんたな、もう子どももふたりいてんねんで。ヤクザやめたらどないやの。このままズルズル一生、ヤクザやっていく気か？　なんもかも失ってからやったら遅いねんで」

悦子は、当然の小言を口にした。

キヨカらに聞こえないよう声を抑えて叱り、それでもキッチンの奥へ行くと、茶封筒を渡してくれた。

「ごめん、絶対に返すから……」

アテなど、まったくない。

シノギがへたくそな宗介が大金を得るには、一発でかいヤマを踏むしかなかった。

「パパ！」

和室からは、ナツキの無邪気な声。

「アイス、アイス。ナツな、アイス食べたいねん」

陽が沈み、すこし暑さが和らいだ隙に、ナツキを連れてコンビニへ向かった。

ドンッ！

「ナツキ！」

背後で突然大きな音が鳴ったので、宗介は覆いかぶさるようにナツキを抱きしめた。痛みは感じなかった。身体に銃弾は入っていないようだった。

「パパ、花火！」

ナツキの表情がパッと明るく輝く。

振り返って夜空を見上げると、大輪の花火が夏の夜空に次々に打ち上げられていたのだった。

「なんや……弾かれたんちゃうんかい。びっくりさせんなや」

ひとりごちる。

「パパ！　絶対に内緒なっ！　ママにも、ばあちゃんにも、カイトにも言うたらあかんで」

宗介の呟きは、ナツキの耳に入っていないようだった。

宗介は気を取り直して、立ち上がった。

「分かった。絶対に言わへん、どうしたん？」

「パパ、ナツな、好きな子ができてん」

「えっ、誰なん？　同じクラスの男の子？」

「パパだけに教えてあげるねっ」

ちょうど、その時だった。

ズボンのポケットの携帯電話が鳴った。

平松からであった。

「宗介！　今どこや？　ちょっと急用や。オヤジの本宅に来てくれ」

「今日はムリでっせ。明日の昼に行きますわ」

「急用や言うとるやろう。ええから、すぐに来い！　お前にとっても、ええ話や！」

それだけ言うと、平松は電話を切った。

「パパ、見て見て、見て見て！　いっぱい、いっぱい、花火が上がってるよ！」

ナツキはもう、秘密の話を忘れてしまったようだった。

徳島や平松がええ話など持ってくるわけがなかった。そんなことは分かりきっていた。だが、そんな言葉にすらしがみつかなければならないほど、宗介は追い込まれていたのだった。

コンビニでアイスを買って、急ぎ、家に戻る。

「ちょっと急用ができたから行ってくるわ」

ナツキを預けて、徳島の家へと向かった。

いつもはすこぶる態度の悪い徳島の嫁が気色悪いほど愛想よく宗介を迎え、応接間へと通された。

徳島が満面の笑みを浮かべている。

「よう来てくれた、よう来てくれた。なんや、カシラがお前に話あるらしいんや。まあ、ワシは知っての通り、腕を弾かれて安静にしとかなあかんから、先に休ませてもらうで。宗介、後のことはなんも心配いらんからな。楽しみにしとってくれたらええからな」

宗介の右手を握り、徳島は応接間から出ていった。

嫌な予感しかしなかった。

「宗介、本部のカシラがお前をご指名なんや……もう上島の動向は本部が隠密で調べて摑んである。宗介、上島いわしたら、本部から5000万を銀行に、間違いなく振り込むそうや。

それと判決が出た時点で、本部の行動隊長にお前を昇格させて、組を持たすとも言うとる。宗介、徳島のオッサンについてても、正味、一生浮かばれん！　それはお前自身が一番分かっとるやろう。これがお前にとってもチャンスなんやっ！　上島を弾いて、本部の親分の盃をもらえ、なっ！　やってくれるやろ！」

5000万円。

宗介がシャバで稼げる金額ではない。

「兄貴……ほんまに本部のカシラが5000万用意してくれんねんな。そこは間違いないんやろうな」

平松が、ドスンと自分の胸を叩いた。

「ワシが保証する。間違いあらへん!」

そんな保証はいらぬ。

徳島やオノレでは不安だから、本部の若頭に保証してもらうのだ。

そんな宗介の心中など露知らず、平松は「引き受けた」と受け取ったようだった。

「宗介、これで立場が逆転してまうのぅ。今度から、宗介なんて呼ばれへんようなるがな。陣内の叔父貴って呼ばなあかんようなるのぉ。ワシも舎弟が出世して、ハナが高いわ」

平松は、自分が懲役に行かずに済むのなら、舎弟の宗介のことを叔父貴どころか、親分とさえ呼ぶだろう。

だが、そんなことはどうでもよかった。

これで悦子に借りた金をぜんぶ返し、キヨカにも大金を残せる。

うまく務めを終えて帰ってくれれば、その後のシノギも本部が面倒をみてくれるはずだ。一発で一生の安心、安全。

宗介は、肚をくくった。

徳島の家からの帰り道、HIROの携帯電話を鳴らす。

「お疲れやす。どうしたんすかっ、こんな時間に。なんかあったんすか?」

「明日の夕方までに、盗難車を1台段取りしとけっ」

「いやっすよ！」

即答であった。

「やかましい、用意しとけ言うたら、用意しとけっ！　もししてなかったら、お前の車でお前の家に突っ込んだるからの！」

そう言って、宗介は電話を切ったのだった。

もう、後戻りする気はなかった。

最終章　あとがき

結局、おれはどうしたかったのだろうか。

書き終えた今でも、分からない。

「バック・トゥ・ザ・フューチャー」のように、もしもタイムトラベルできたとしたら、あのときのおれに、どうしたものか。

14年前に拳銃を握ったとき、まさかカタギになる人生が待っていて、弾いた同じ右手に、ペンを握っているとは想像もしていなかった。

いや、嘘だ。申し訳ない。

文字通りに、ペンを握りしめて書いたのは、塀のなかにいたときだけ。

今は、キーボードをパチパチやり、スマホをタッチする。

ひとりぼっちの部屋で書き、新幹線の移動中に書き、思いつけば便所のなかでも書いた。それで、ようやっと「ムショぼけ」が終わった。

どうせ、おれのことだ。

「おい待て、宗介！　待てって。ちょっと待って。お前はこの襲撃で人生を棒に振る。だから早まるな！」

14年前のおれにどれだけ説明してやっても、他人の言葉を真に受けることなどないに決まっている。

自分のことなのだから、それぐらいは分かる。

逆にだ。

そんなことを親切心で説こうものなら、激昂して躍りかかってきただろう。

時間を巻き戻せても、自分の行動は変えられない。

ただ、どうだろう。

キヨカに見捨てられ、ナツキにもカイトにも会えず、実家暮らしを余儀なくされているぞ……。そこまで、うまく説明できたならば、おれは「えっ！　自分、もういっぺん言うてくれる？」と動揺し、すこしは思い止まろうとしたかもしれない。

今となれば、すべて愚痴でしかないのだが。


尼崎に、45回目の秋が訪れようとしている。

春夏秋冬、忘れずに必ずやってくる。

律儀なものである。

この律儀さは、刑務所のメシにもどこか似ていたりする。

なぜならば、どれだけ社会で残忍な事件を巻き起こした懲役にも、「官」は忘れることなく3食の食事を配膳してくれるからだ。これ以上の律儀さが、他に存在するだろうか。

社会では、悪いことをすれば親でさえ「今日はごはん抜きだからね！」と、時に懲罰を投入してくるというのに、刑務所では、保護房で革ワッパをハメて手足を拘束し、とてもじゃないがメシどころの騒ぎじゃない状態に追い込んでおきながらも、メシだけは飛ばさずに持ってきてくれる。

こいつらは気でも狂っているのか――。

自分が革ワッパをハメられているときには疑問だったが、そうではなかった。律儀なのである。

季節というやつもそうだろう。

薄情なほどに、個々の未練や思いとは関係なく、またやってきて、時間が経てば勝手に通り過ぎていく。

幼い頃から、おれはずっと玉ねぎを憎み続けていた。

これは書いた通りだ。

食卓に玉ねぎが微塵(みじん)でも姿を現すと、おれはその存在を否定し、抗い続けた。

逆に、鳥の唐揚げとたくあんが並べば、不思議と機嫌が直ったのだった。考え方次第では、安上がりだと思うのだが、献立を牛耳る母親という存在は、どこの家庭でも好きな食べ物だけを延々と与え続けてくれるほど甘くはない。

そう言いながら、オカンは甘い方だった。

これも書いた通りだ。

いつ死んでもかまわないと思いながら、今日までやってきた。

そして気がつくと、45年の時間が流れていた。

キヨカから離婚届が届いたとき、真っ先に脳裏に思い浮かんだのは、ナツキとカイトのことだった。もうこれで一生、会えないんじゃないかと思うと、その思いは、恐怖としておれの体内を支配してみせた。組から破門されたとか、5000万の銭なんて、もうどうでもよかった。

「ちょっと待ってくれよ。お前や子どもらを楽させるためにジギリかけたのに、それはないやろう」

キヨカに会ってそう訴えたかったが、おれは塀のなかにいた。

今なら分かる。それが、いかに滑稽であるかと。

担当に歯向かいながら、すこしでも気にいらないと同僚の懲役に飛びかかりながら、おれは人生のすべてを理解したつもりになっていた。

もう、終わり。

おしまい。

自暴自棄というよりも、ここから人生を巻き返す未来が、とてもじゃないが想像できなかったのだ。

自分としては、それなりに他人にも気を遣って生きてきたつもりだが、世間からすると、おれは好き勝手に生きてきた部類に入るのだろう。皆が離れていき、14年ぶりにシャバへ帰ると、もう傍(そば)には悦子しかいなかった。

悦子、オカンだ。

おれは40代も半ばに近づき……携帯ひとつを段取りしてもらうだけでグズグズと言ってくるオカンだけをバディに、人生を巻き返すことなんてできるわけがない。

懲役では、過去に思いを巡らせる。

やり直すことばかりを空想し、そこに未来は存在していなかった。

書くことは、小さな頃から好きだった。

書いていれば、退屈でつまらない義務教育の授業もやり過ごすことができた。

時間だって、忘れた。

それは、自由を奪われた獄中にあっても、同じだった。いや、その傾向は懲役生活において、なおさら強くなっていたと思う。

もしも、おれが書いた小説が世に出れば、おれのどうしようもない人生もすこしは報われるのではないだろうか。

バカげた考えが、頭にフッと浮かんだのは、獄に繋がれて1年ほど過ぎた頃だったか。名誉挽回とか、そんな大それたことではなかったけれど、いつかナツキとカイトが大きくなったとき――おれの小説を手にとり――「パパは本当にどうしようもない人間だったけど、こんなにも人の心を感動させる物語を書くことができるんだ」と言ってもらえれば、それはおれにとって何よりも報われた未来であることに間違いなかった。

ダメで、もともとではないか。

ダメならば、ダメでもよい。

とにかく時間だけはある。まだ十年以上もあるのだ。とにかく雑記帳に文字を書き殴り続けた。

ただ、いかんせん中卒という最低ランクの知能しか持ち合わせていない身分だ。書くことが好きぐらいでは、想像する未来に届かないことも、バカなりに理解はしていた。

だからこそ、人生で初めての努力ができたのだと思う。

ずっとおれの人生は後悔ばかりだった。

もう後悔は、うんざりだった。

十分に後悔は堪能してきたのだ。

「宗介、じんちゃん、兄貴、ボス！　こんなことして、いったい何になりますのん？　やめとき、やめとき」

気を抜くと、頭のなかで誘いの声が響き渡る。

「シャバに出たら、一発でかいシノギを狙ってやったらええやないか」

無論、人生なんて何もかもがうまくいくはずがない。

出所後におれを待っていてくれたのはオカンだけで、キヨカもナツキもカイトもいなかった。彼らが、おれの子どもたちがどこで何をしているかは、今も分からないままだ。

ＨＩＲＯのバカだけは、やっぱりユーチューブでメシを食っているが、それ以外は小説のようにはいかない。シャバは厳しい。

だから、皆に優しくしてもらいたかった。

どうしようもないおれに、いつもそっと手を差し伸べて見守ってくれる。

そんな仲間は、今のところ小説のなかにしかいない。

おれの想像の世界なのだから、それぐらいは許してほしい。

現実の社会が、とことんまでおれに手厳しいのに、なぜに小説のなかでさえ、自らの手で、陣内宗介に試練を与えねばならないのだ。

笑わせるな、である。

カタギの皆さんは怒り出すだろうか。

ちと、待っていただきたい。

せめて小説の中だけでも甘やかして美化してやらないと、陣内宗介はタチが悪いのだ。また罪を犯して、税金を無駄に使い、あげくは「刑務所は律儀でいいなあ」などと、呑気に惰眠をむさぼっていたら、みんな嫌気が差すのじゃないか。

たかだか中卒の、俗にいう元反社が書いた小説だ。

これで人生が名誉挽回されることもないが、十数年間ずっと独居でのたうち回っていた頃のおれに、今の姿を見せてやりたい。

どこかで暮らすナツキとカイトを思いながら、おれは何年もかけて、この話を書いた。

物語のなかで、ふたりはおれを許してくれた。

許してもらえないから。

仕方なしに、おれはそういうことにしたのだった。

だけどやっぱり、生まれた瞬間からずっとおれを守り続けてくれていたオカンを思い、おれはこの物語を書いていたのかもしれない。

そのオカン、悦子を今度こそ安心させるために、今はコピー機の配送に精を出している。これも本当だ。

世の中に、たかだか小説を1冊出すくらいで、おれのどうしようもない人生が大逆転することはないのだろう。まだ出ていないので分からないが、甘い期待は後になって辛くなる。

おれはもう、宝くじには手を出さない。

地道にやっていれば、大当たりはないかもしれないが、ささやかな幸せは得られるものだと知った。本当はもうすこし幸せになりたいが、生きてきた証はこの世界に残せた、みたいな気分にはなれている。

陣内宗介

――本書のプロフィール――

本書は、小学館文庫のために書き下ろされた作品です。

小学館文庫

ムショぼけ

著者　沖田臥竜（おきた がりょう）

二〇二一年九月十二日　初版第一刷発行
二〇二三年五月十八日　第二刷発行

発行人　川島雅史
発行所　株式会社 小学館
〒一〇一-八〇〇一
東京都千代田区一ツ橋二-三-一
電話　編集〇三-三二三〇-五五八〇
販売〇三-五二八一-三五五五
印刷所――大日本印刷株式会社

この文庫の詳しい内容はインターネットで24時間ご覧になれます。
小学館公式ホームページ　https://www.shogakukan.co.jp

ISBN978-4-09-407061-3